UMA TRISTEZA INFINITA

ANTÔNIO XERXENESKY

Uma tristeza infinita

3ª reimpressão

COMPANHIA DAS LETRAS

Copyright © 2021 by Antônio Xerxenesky em acordo com MTS agência

Grafia atualizada segundo o Acordo Ortográfico da Língua Portuguesa de 1990, que entrou em vigor no Brasil em 2009.

Capa
Bloco Gráfico

Imagem de capa
Sem título, Célia Euvaldo, óleo sobre tela, 220 x 150 cm, 2017. Coleção particular

Preparação
Juliana Rodrigues

Revisão
Fernanda França
Luciane H. Gomide

Os personagens e as situações desta obra são reais apenas no universo da ficção; não se referem a pessoas e fatos concretos, e não emitem opinião sobre eles.

Dados Internacionais de Catalogação na Publicação (CIP)
(Câmara Brasileira do Livro, SP, Brasil)

Xerxenesky, Antônio
     Uma tristeza infinita / Antônio Xerxenesky. — 1ª ed. — São
Paulo : Companhia das Letras, 2021.

     ISBN 978-65-5921-328-3

     1. Ficção brasileira I. Título.

21-70837   CDD-B869.3

Índice para catálogo sistemático:
1. Ficção : Literatura brasileira B869.3

Cibele Maria Dias — Bibliotecária — CRB-8/9427

Todos os direitos desta edição reservados à
EDITORA SCHWARCZ S.A.
Rua Bandeira Paulista, 702, cj. 32
04532-002 — São Paulo — SP
Telefone: (11) 3707-3500
www.companhiadasletras.com.br
www.blogdacompanhia.com.br
facebook.com/companhiadasletras
instagram.com/companhiadasletras
twitter.com/cialetras

Pensei comigo: aqui estou eu com tanta sabedoria acumulada que ultrapassa a dos meus predecessores em Jerusalém; minha mente alcançou muita sabedoria e conhecimento. Coloquei todo o coração em compreender a sabedoria e o conhecimento, a tolice e a loucura, e compreendi que tudo isso é também procura do vento.

Eclesiastes 1,16-17

1.

É preciso levar em conta a altitude, ele pensou, enquanto caminhava. A altitude e a mudança repentina de temperatura. Ele morava lá havia apenas um mês e era a primeira vez que caminhava por dentro de uma nuvem. O fenômeno parecia algo de outro mundo, como se tivesse encontrado um portal para essa terra estranha, ou algo mais simples, como se de repente tivesse adormecido e aquilo fosse um sonho leve, frágil, que acabaria com qualquer sobressalto.

Ainda assim, ficou tão impressionado que decidiu fazer o percurso da clínica até sua casa não pelo caminho de sempre, pela estrada de terra que conectava a clínica, situada no alto de um morro, até a borda do vilarejo, e sim por uma trilha enlameada que cruzava o bosque. E foi dessa maneira que vivenciou a umidade que se desprendia das árvores altas e verdejantes, o sol amarelo de fim de tarde filtrado pela fileira de troncos de árvores lançando sombras longas sobre o terreno, e a névoa que pairava ali.

Enquanto a paisagem transmitia imobilidade, os ruídos apontavam para um movimento incessante. Há todo um universo aqui, pensou, com suas próprias leis, com criaturas que desconhecem o ser humano. O que era aquele som agudo? Uma cigarra? Não no outono, não era possível. Um farfalhar. Olhou para baixo e viu um pequeno pássaro avançando em sua direção, pisoteando uma folha caída. O animalzinho parecia curioso com aquele estranho caminhando por ali. O homem parou por um momento e deixou que o pássaro se aproximasse, e até se agachou para observá-lo de perto.

O pássaro cambaleou; o homem se perguntou se a névoa deixava o animal confuso. Olhou para a lateral e precisou focar em um ponto específico do branco para perceber que a nuvem estava em movimento, e não estacionada ali. Quando se virou de novo para o pássaro, o animal reagiu assustado a um ruído repentino, que lembrava o de um galho pesado desabando sobre a grama, abriu as asas e alçou um voo vertical, desaparecendo na esponja de ar da nuvem.

O homem se levantou e continuou andando, sem prestar muita atenção ao barulho. Já via o fim da trilha à distância; a névoa se dissipava à frente. Sair daquela nuvem baixa seria como sair de um sonho. E então outro tipo de ruído surgiu, o de passos sobre a grama e as folhas, e sua origem era de algum animal maior.

Refletiu, então, que foi esse barulho que havia afugentado o pássaro. Será que foi o som de um corpo caindo? Não, isso não faria o menor sentido; de onde tirara aquela imagem? Mas bastou sua mente ser invadida por aquela ideia que o bosque verdejante ao pôr do sol deixou de parecer tão idílico. O fim da trilha se mostrava mais uma vez coberto por um muro de neblina. E o ruído persistia, parecia que um animal o acompanhava, realizando um trajeto paralelo ao dele, à direita.

Ele olhou na direção do barulho, sem deter o passo. Não se enxergava nada além de um mato denso. À direita da trilha, sabe-se lá quantos quilômetros de floresta havia. O ruído foi ficando mais e mais próximo. Um urso, ele pensou, talvez desesperado, talvez resignado, e sua atitude foi igualmente indecisa: acelerou um pouco a marcha e depois reduziu-a, sem saber se era melhor correr ou parar. E um novo ruído: um espaço se abria na mata logo à sua frente, como se uma criatura apressada fosse rasgando camadas e camadas de galhos para chegar à trilha, para chegar até ele; um animal esfomeado que enfim localizara a sua presa, esse homem indefeso com as mãos no bolso de um paletó de lã.

O homem imobilizou-se no lugar e já se arrependia de ter tomado aquele caminho. Mesmo com o corpo paralisado, seus olhos iam de um ponto verde da mata entre as árvores a outro, tentando localizar de onde saltaria o animal. Está chegando, pensou. Falta pouco. A floresta tornou a ficar silenciosa por um instante. O momento que antecede o ataque. Ele olhou para o alto, para os lados, a neblina engolia tudo, e desejou que estivesse, de fato, preso em um sonho.

Foi quando de dentro da floresta saltou um cervo, pisando sobre a lama da trilha, exibindo um rosto marrom claro adorável. O animal contemplou o homem com curiosidade por alguns segundos e saiu saltitando mais uma vez, desaparecendo por completo entre o verde do bosque. O homem ficou parado mais um instante, como se ainda esperasse que alguma criatura monstruosa estivesse perseguindo aquele cervo. Ao escutar os passos do cervo esmigalhando as folhas, reconheceu o barulho e concluiu que não havia nenhum outro animal daquele porte pela região.

Tudo é ridículo, pensou, ou melhor, eu sou ridículo e medroso, e continuou caminhando para casa, quase rindo sozinho, e virou a cabeça para a esquerda e viu os alpes, o branco da neve no topo das montanhas dando espaço à gradação que ia de um laranja intenso a um vermelho de sangue coagulado. Logo a trilha da floresta acabou, não havia mais árvores gigantescas subindo até o céu, com suas copas servindo de teto, apenas o ar fresco da noite que caía e um resto de neblina deslocado; talvez o nevoeiro tivesse se perdido, e ele olhou mais adiante, para cima, e admirou o sino banal da pequena igreja, que sacolejava um pouco, como se tivesse acabado de soar, mas não havia som algum, nada, nenhum eco do sino, os únicos ruídos que se ouviam, se prestasse muita atenção, eram o passo preguiçoso de algumas vacas à distância, um grilo sonolento, e a brisa que soprava pelas árvores do bosque.

Ele tinha chegado ao vilarejo, enfim. Nenhuma atividade humana audível, nenhum casal sentado no quintal fumando, nenhum cachorro vagando pela calçada, nenhum bêbado debaixo da marquise do mercadinho fechado. Era possível enxergar uma bandeira da Suíça vibrando à distância, a cruz que sempre o levava a pensar em hospitais, e, mais adiante, as luzes acesas de uma casa de dois andares, a fumaça escura soprando suavemente da chaminé, pequenos indícios para provar que não se encontrava em uma cidade fantasma. Aquele lugar, afinal, era agora a sua casa, por mais difícil que fosse acreditar nisso.

O homem, Nicolas, colocou a chave na fechadura, abriu a porta de casa e encontrou o lugar tomado por um breu completo. Assim que acendeu a luz, procurou sua esposa, talvez tivesse adormecido na escuridão. Só depois lembrou que ela tinha ido a Genebra pela manhã e provavelmente ainda estava no caminho de volta. Abriu o armário da cozinha em busca do vinho do Porto e estranhou que a garrafa estivesse com uma quantidade menor de líquido do que se lembrava. Enquanto servia uma taça, a porta se abriu e Anna entrou. Ela veio sorrindo na direção dele e deu um beijo breve nos seus lábios.

"Bom dia de trabalho?", ela perguntou.

"Acho que você não gostaria de saber", ele respondeu.

Buscou outra taça e serviu uma dose para ela.

"Querida, você tem bebido vinho?"

"Sozinha, você diz?"

"É."

"Às vezes."

Ele suspirou.

"Não suspire. Não é minha culpa se essa cidade é um saco."

Nicolas riu pelo fato de ela usar a palavra "cidade" para um lugar que tinha menos de mil habitantes.

"Tudo bem você tomar seu vinho", ele disse. "Mas lembre--se de comprar mais. O mercadinho só abre em horários terríveis durante a semana, quando estou trabalhando."

"Certo, certo. Anotado."

Ele entregou a taça a ela, bebeu o seu primeiro gole e se sentou na poltrona da sala.

"E que tal Genebra?", perguntou.

"Ah, dessa vez passeei menos pela cidade. Enquanto andava pelo centro, um cartaz me chamou a atenção e acabei entrando no cinema."

"Então valeu a pena tomar três trens para ir ao cinema?"

"O que você preferia, que eu ficasse em casa cozinhando para o senhorzinho?"

"Era um filme bom, pelo menos?"

"Divertido. Com uma música contagiante. Inglês."

"Hitchcock?"

"Não. Não sei o nome do diretor. Mas tinha o Orson Welles de ator."

Ele sabia quem era Orson Welles, claro, impossível não conhecer o homem que aterrorizou os Estados Unidos com sua narração de A *guerra dos mundos* na rádio, mas fazia tanto tempo que não ia ao cinema que mal conseguia se lembrar do rosto do homem.

Anna continuou, dizendo que a história se passava em Viena, e ele demorou para entender que ela se referia à Viena dos dias de hoje, a capital devastada, com suas ruas exalando um ar espesso de destroços que pairavam invisíveis no ar. Na cabeça dele, Viena era como as imagens de Dresden divulgadas depois do bombardeio, as fotografias que levaram alguns europeus a se perguntar se atitudes como aquela, de demolir por completo um território cheio de civis, não um alvo militar, era ética. Os nazistas faziam aquilo o tempo todo, é claro, ao jogar bombas sobre Londres, mas *nós* poderíamos agir da mesma maneira? Os bárbaros não eram os outros?

"Só ruínas e mais ruínas por todos os cantos", ela prosseguiu, "e postos de controle. Achei que já teriam reconstruído parte da cidade."

"O mais estranho é um diretor decidir mostrar logo isso. E o filme, vale a pena?"

"Não sei se vale a pena as duas horas de viagem até o cinema, não. Mas é interessante. Tem inclusive uma parte em que falam da Suíça."

"Sério?"

"Na verdade, só uma frase. Quando o mocinho encontra o vilão…"

"Espera, é um filme de mocinhos e vilões?"

"Eu sei que você não tem paciência, mas escuta só: quando o mocinho encontra o vilão, ele pressiona o vilão para revelar qual é seu plano, certo? E o vilão fala que na Itália, sob o regime dos Bórgia, com toda aquela violência, surgiram os maiores pintores da Renascença, Leonardo, Michelangelo etc."

"Enquanto isso, na Suíça…"

"Isso! Como você adivinhou? Centenas de anos de democracia e paz na Suíça, e tudo o que os suíços construíram foi o relógio cuco."

"Hmmm."

"Não achou graça?"

"Eu achava que o cuco tinha sido inventado pelos alemães."

"Talvez tenha sido pela parte alemã da Suíça. Mas, enfim, você não achou interessante?"

"Não é a teoria mais original do mundo", ele disse.

"Ah, como você é..."

"Os suíços também inventaram o teste de Rorschach. Um suíço, no caso."

"As manchas de tinta, claro. Vocês usam isso na clínica?"

"Usamos, na triagem."

O vinho tinha terminado e ele se levantou.

"Então você passou quatro horas dentro de um trem, duas na ida, duas na volta, para ficar duas horas numa sala escura e concluir que o nosso país é um tédio?"

"Eu poderia ter simplesmente ficado em casa limpando teias de aranha, brincando com os gatos de rua e sendo ignorada pelos vizinhos para chegar à mesma conclusão, é isso que você está insinuando?", ela retrucou.

Anna foi até a cozinha e buscou pequenas lascas de queijo que colocou sobre uma tábua de madeira. Ele voltou a se sentar.

"E você?", ela perguntou. "Conte do seu dia."

"Você não vai querer saber."

"Conta, sério."

"Voltei pela trilha da floresta, não pela trilha das fazendas."

"Ah, é muito gostoso caminhar ali."

"Você já fez essa trilha?"

"Claro que sim. Às vezes até entro um pouco na floresta, para enxergar mais de perto algum pássaro. Mas e aí, o caminho é mais gostoso, não?"

Ele sentiu um constrangimento repentino de relatar a história do cervo, embora fosse arrancar algumas risadas dela, sem dúvida.

"Muito bonito. Quero passear lá mais cedo outra hora. Podíamos colher frutinhas, quem sabe."

"Esse foi o seu dia emocionante, então?"

"Você não quer que eu fale de trabalho, quer?"

"Qualquer coisa é melhor do que você comer esse queijo e pegar no sono na poltrona e eu ter que ficar relendo livros que eu já li até dormir."

"Esse trabalho é temporário."

"Eu sei."

"E importante."

"Eu sei."

"O cantão de Vaud é lindo."

"Concordo. Eu abro essa janela e meu coração se enche de alegria olhando as montanhas."

"Isso é você sendo sarcástica?"

"Não. É lindo mesmo. Nem um pouco sarcástica. Eu só queria que tivesse mais pessoas na cidade, ou pelo menos pessoas interessantes e não criaturas rabugentas que parecem estar aqui há séculos. Queria poder fazer alguma coisa além de olhar as montanhas e as vacas."

"É temporário."

"Eu sei. E importante."

"Juro que é."

"Então me conta dos seus louquinhos. Você nunca me conta."

"Não é divertido."

"Eu escuto os gritos deles às vezes. Dos mais loucos."

Ele pensou que não era possível, os gritos não atravessavam os dois quilômetros que separavam o centro clínico daquela casa.

Cogitou questioná-la, mas logo viu que talvez ela escutasse algo em um de seus passeios pela floresta.

"Não são loucos propriamente ditos", ele disse.

"São o quê, então?"

"Pessoas normais que viveram coisas demais."

"Me conta de um, por favor, Nicolas. Uma história interessante. Por favor."

"Eu não sei se você vai achar interessante."

Ela bateu na mesa com a taça.

"Só vai descobrir me contando."

"Então tá…"

"Nem acredito que dessa vez o dr. Nicolas não mencionou a confidencialidade médico-paciente."

"Já entendi que você não vai desistir tão cedo."

"Não vou mesmo."

O paciente, que será chamado de L., tinha sido internado havia uma semana. Desde então, Nicolas tentara conversar com ele todos os dias, sem recorrer a drogas poderosas, seguindo a intuição de que o problema não era tão grave. Uma colega sugerira que Nicolas o visitasse à tarde. Durante as manhãs, L. mal tinha força para abrir os olhos.

À tarde, com o auxílio de duas enfermeiras, era capaz de se sentar sobre o colchão. O sujeito era corpulento, enorme até. Media pelo menos vinte centímetros a mais que Nicolas, e mesmo se alimentando de modo tão frugal, mastigando uma batata com lentidão nos almoços que era forçado a frequentar, ainda pesava mais de cento e dez quilos. Seu corpo não parecia ter nada de gordura, era um mapa topográfico de morros sulcados por músculos.

Quando chegou à clínica, ou ao Centro, como Nicolas insistia em chamar o local, L. implorou para manter as medalhas, as sete que recebera, consigo. Nicolas, junto com o resto da equipe que apareceu para receber o paciente, avisou que todos os internos vestiam aquele uniforme padrão branco. L. suplicou para que deixassem as medalhas, ainda que no uniforme de paciente; eram importantes demais para ele. Uma enfermeira se solidarizou com aquele brutamontes tão abalado, que parecia um javali ferido. O diretor estava lá e reiterou que as regras existiam por um motivo e que o paciente não poderia usar as medalhas.

E não teriam tido nenhum problema se não fosse pela enfermeira caridosa. Ser simpático pode ser perigoso nesse mundo, disse Nicolas à sua esposa, mastigando o queijo. Na primeira noite na clínica, L. começou a gritar no meio da madrugada, um urro gutural que perturbava não apenas os outros pacientes como toda a equipe médica. A enfermeira simpática estava de plantão e foi até lá, armada de uma seringa com um calmante capaz de tranquilizar um urso. Ao aproximar a agulha do paciente, ele parou de gritar, antes mesmo de ter sua pele fisgada, e perguntou, fitando os olhos da enfermeira, se não poderia receber as suas medalhas, por apenas alguns minutos, só queria contemplá-las, lembrar-se das vidas que salvou.

A enfermeira, desobedecendo às ordens diretas de seu superior, contou Nicolas à esposa Anna, foi até o depósito onde guardavam os objetos pessoais dos pacientes, localizou as sete medalhas e, no silêncio da noite, caminhando sem sapatos pelo assoalho de madeira, voltou e as entregou em um saco de papel pardo. L. puxou uma medalha em forma de estrela e seus olhos se encheram d'água. A enfermeira sorriu. Ele, então, cravou a estrela com toda a força no pescoço. A enfermeira demorou a reagir, de tão estupefata. A estrela girava na pele do paciente, que depois a retirou e voltou a golpear o próprio pescoço, determinado. Ela agarrou o braço dele, mas sua força era ínfima perto daquele soldado. Aos gritos, conseguiu chamar o vigia da clínica, que correu até ela e a ajudou a imobilizar o paciente.

Com uma agilidade impressionante — que o vigia descreveu como inimaginável para aquela pobre enfermeira —, ela pegou a seringa e injetou o sedativo no outro braço de L., que desistiu de reagir, apenas aquietou-se, com lágrimas correndo dos olhos, que pareciam existir à revelia do corpo, como uma entidade separada. Quando o sujeito apagou, ela saiu do quarto, percorreu o Centro até a ala oeste e acordou o médico plantonista, que dormia um sono pesado em uma poltrona na sala de descanso, e este foi analisar o paciente e constatou que o ferimento não tinha sido letal por questão de centímetros. Pediu auxílio da enfermeira para suturar o corte.

Não preciso mencionar que a moça foi demitida na manhã seguinte, assim que o diretor pisou no Centro, contou Nicolas à esposa. Tenho a impressão de que se nosso diretor tivesse sido tolerante, daria no mesmo, pois a própria enfermeira pediria demissão, acrescentou, quando Anna franziu o cenho, solidária à enfermeira.

O sedativo deixou o paciente em um estado letárgico por um ou dois dias. No terceiro dia, Nicolas solicitou que mudassem sua medicação para uma mais leve. Era impossível conversar com ele. Nicolas tinha a impressão de que o ato de falar exigia mais de L. do que levantar uma carruagem com as próprias mãos. Na ronda matinal, visitava-o sempre, fazia perguntas básicas, observava seu ferimento — que parecia pulsar no pescoço devido à proximidade da jugular —, e se não tivesse visto o paciente falando ao chegar à clínica, diria que era mudo por questões biológicas, desprovido de cordas vocais ou com alguma falha neurológica. Às vezes L. abria a boca, mas não saía nenhum som. Só o ato de deslocar o lábio superior do inferior parecia deixá-lo exausto.

"O seu nome é L.?", Nicolas perguntava.

Os lábios abertos, a cavidade bucal como um abismo, mas um silêncio absoluto. Se Nicolas falasse mais perto de sua boca, seria capaz de ouvir o eco da própria pergunta.

"O senhor serviu na Normandia?", Nicolas perguntava, mesmo sabendo que não, na verdade ele foi para o front oriental. Talvez a necessidade de corrigir Nicolas servisse de motor para uma conversa.

Os dedos se mexiam minimamente. Quando Nicolas fazia essa pergunta, tinha a impressão de que L. desenhava no ar, com o indicador, a medalha que recebeu, ou quem sabe o mapa de uma ilha no Japão.

"O senhor foi ferido?", ele perguntava.

L. baixava imperceptivelmente a cabeça.

No sexto dia, Nicolas buscou fazer perguntas mais banais.

"O senhor acha o meu inglês esquisito?"

Nada.

"Você não me responde porque o meu inglês é tão ruim que não dá para compreender?"

Nada.

"Você preferia que eu falasse francês?", e interpretou um estereótipo de um francês, falando *baguette, escargot, Tour Eiffel* etc. Nicolas, ao mesmo tempo que sabia estar se comportando como um completo idiota, esperava detectar um sorriso no canto da boca do paciente. A falta de resposta o levava a pensar que o paciente não duraria muito tempo na clínica. Não cuidavam de casos incuráveis; esses eram mandados para sanatórios infectos, que mais pareciam prisões ou campos de trabalho forçado. Provavelmente, o paciente só estava lá por algum acordo da Suíça com o consulado norte-americano. Talvez as medalhas tenham conferido a esse herói de guerra o presente de um tratamento humano. Seja como for, Nicolas falhara na intuição inicial: era um caso muito mais grave do que pensara. Tanto é que as enfermeiras pediram para que L. fosse atendido no próprio quarto, pois o homenzarrão era pesado demais para ser conduzido até o consultório do doutor.

No sétimo dia, Nicolas reorganizou sua agenda: colocou L. como parte da ronda da tarde. Na opinião do diretor, Nicolas já deveria ter recorrido ao eletrochoque nesse caso, mas de todas as terapias oferecidas na clínica, a de choque era a que menos lhe agradava, por causa do pavor expresso no rosto dos pacientes durante o tratamento, que se transfigurava em caretas horripilantes, disformes, e pelos danos conhecidos à memória. Nicolas pediu mais uns dias ao diretor.

"Estou gostando da história", interrompeu Anna. "Sinto que tem uma reviravolta a caminho."

"Espero não decepcionar", disse Nicolas. "A história, enfim, acabou hoje."

Anna o observou, curiosa.

Nicolas tinha ido visitar o paciente à tarde munido de uma crença renovada no poder da fala. Afinal, tinha recebido uma correspondência de um colega suíço que fora exercer a psiquiatria do outro lado do Atlântico, na costa leste dos Estados Unidos, talvez não tão distante da cidade de origem de L. De acordo com Johannes, este colega, os Estados Unidos haviam abraçado de vez as teorias de Sigmund Freud, e por todos os lados corriam relatos espantosos de pacientes com as psicoses mais diversas sendo curados através da psicanálise. "Há um consenso", constava na carta, "de que o método da terapia pela fala logo suplantará estes outros obscurantistas que ainda praticamos e que muitas vezes reduzem nossos pacientes a criaturas sem mente ou alma."

Nicolas, Anna sabia, possuía a mesma crença entusiasmada que o colega nessa linha de terapia, e a carta infundiu nele uma determinação a dar uma última chance a L. antes de disparar raios elétricos em suas têmporas. E Nicolas e Anna sabiam que Johannes, ao mencionar o obscurantismo, referia-se especificamente à lobotomia, algo não praticado na clínica, mas que toda a sua geração precisou aprender na faculdade. Por um momento, Nicolas vislumbrou em sua mente uma cabeça anônima, de costas, que se virava para ele com uma cicatriz no meio da testa, acima dos olhos.

Mais importante do que tudo isso, porém, era que finalmente o estoque de escopolamina havia sido reabastecido. Nicolas portava uma seringa dentro da maleta já carregada com o soro. O medicamento era inofensivo, como um convite à conversa. Não passava de um avanço na hipnose que Freud e Breuer usaram no começo de suas carreiras.

Nicolas entrou no quarto do paciente com um gesto brusco, abrindo a porta com tanto vigor que ela bateu contra a parede do lado de dentro e um sopro de ar passou pelo corredor. "Bom dia, L.", bradou, em um tom de capitão saudando as tropas.

Como era de esperar, o paciente não reagiu. As enfermeiras tinham feito com que ele se sentasse. O quarto não tinha nada além de um colchão sobre uma cama de metal. Todos os objetos que pudessem ser usados numa tentativa de suicídio foram retirados após a primeira noite de L.

"Que tal olhar para mim?", pediu Nicolas.

L. não se mexeu.

"Só virar um pouco a cabeça."

Nada.

"Os olhos. Não peço um movimento de pescoço. Só os olhos."

Nicolas esperou um pouco e os olhos do paciente, de fato, foram se virando, grau a grau, na sua direção. L. queria se comunicar, Nicolas tinha certeza.

"Você não gosta da nossa comida?"

O paciente não disse nada.

"É meio sem sal", continuou, "não queremos pacientes com pressão alta."

Nada.

"Mas talvez você goste de um prato diferente. Uma carne."

Nada.

"Eu mesmo sinto falta de carne. O problema é que aqui na Suíça quase ninguém come carne. O que é estranho, se levarmos em conta a quantidade de vacas. Você ouve as vacas, L.?"

Nada.

"Quando sentem frio, elas ficam paradas, mas ainda dá para escutar os sinos balançando à noite, quando tudo está em silêncio. Na minha casa, escuto a noite toda as vaquinhas."

Nada. Mas Nicolas sabia que L. o escutava.

"Eu venho da França. Não sei se falei isso para você. Fui contratado porque falo muitas línguas. Claro, gosto de pensar que o meu trabalho de qualidade como psiquiatra é o principal motivo. Mas, para esse centro específico, num país com tantas línguas como a Suíça, é importante que alguém fale também alemão e italiano. E, no meu caso, o inglês conta uns pontos a mais. Se é que você entende o meu inglês. Às vezes, como eu disse, acho que você não me responde porque o meu inglês é terrível. Talvez eu tenha um pouco de sotaque britânico."

L. emitiu um pequeno grunhido.

"Ah! É isso! Você se incomoda com meu sotaque britânico! A culpa não é minha! Nunca estive no seu país. Você sente falta de lá?"

Nada. Um passo atrás, pensou. Não deveria ter mencionado o lar, o passado. A conversa fiada funciona melhor do que uma abordagem direta.

"Mas, como eu ia dizendo, sinto falta de um entrecôte. Antes da Guerra, era comum almoçarmos um belo bife com fritas. Aqui, quando cheguei nesta parte da Suíça, pensei que o entrecôte seria uma coisa comum, levando em conta a proximidade com a França. Mas me enganei. Um dia, me convidaram para um almoço e fiquei alegre de ver algo além de batatas ou massa. Diante de mim estava um belo bife. Peguei a faca, cortei um pedaço, coloquei na boca. E sabe o que aconteceu, L.?"

L. fez um movimento milimétrico com o rosto, como se tentasse virar na direção do médico para acompanhar a história.

"Você gosta de contar histórias dramáticas até para os pacientes!", interrompeu Anna.

"Shhh", ela ouviu como resposta.

Nicolas contou a L.: "Quase cuspi a carne fora! Era carne de cavalo! Os suíços acham muito normal comer cavalo! As vaquinhas ficam para o leite, o chocolate, os biscoitos, o queijo…".

Um pouco de ar passou entre os lábios de L. Nicolas pensou que talvez ele estivesse tentando dar uma risada. Então uma enfermeira bateu à porta e perguntou se Nicolas precisava de ajuda. L. parecia ter se retraído com a chegada da enfermeira. Naquele momento, ele pensou que não seria capaz de extrair uma frase completa de L. antes de o diretor perder a paciência e solicitar um eletrochoque.

"Enfermeira, abra a minha mala. Há uma seringa de escopolamina. Se puder, por favor, injete no paciente."

"Doutor, não é melhor chamar uma segunda enfermeira para ajudar com isso?"

"Não, tudo bem, eu seguro ele. Aposto que vai ficar bem tranquilo, não?"

Nicolas achou que a proximidade de uma seringa pudesse gerar alguma reação em L., mas ele permaneceu estático. O soro da seringa foi desaparecendo nos músculos do ombro. Nicolas imaginou-o por um instante como uma esponja, absorvendo seu papo furado, suas tentativas de humor e agora um medicamento poderoso.

"L., o que você está recebendo agora é um remédio um pouco diferente. Ele ficou conhecido como soro da verdade, e é muito usado em investigações policiais."

Os olhos de L., de repente, acenderam-se e fitaram os de seu interlocutor. Nicolas pôde contemplar como eram negros.

"Não se preocupe. Não estou aqui para investigar nada. Não quero saber da Guerra. Não agora. Não deve ter sido fácil. Mas eu preciso que você converse comigo."

O corpo inteiro de L. começou a tremer. A enfermeira guardou a seringa e perguntou se Nicolas queria que ela continuasse lá, e teve como resposta um gesto com a cabeça indicando para que ficasse mais distante, perto da porta, em segurança.

O torso de L. realizou um movimento incomum, quase inumano, inclinando-se para frente como um autômato. Sua cabeça estava entre os joelhos.

"L., o que foi? Você ainda não está pronto para conversar?"

Nicolas se abaixou para ver o que ele fazia. A boca de L. estava aberta e escutou-se um som, que ingenuamente Nicolas julgou ser uma tentativa de fala, e não um engasgo. Quando menos esperava, um jorro amarelado, com pedaços pouco digeridos de batata, caiu com força no chão, respingando na cara do doutor, que recuou, pegou um lenço no bolso do paletó e se limpou. Fez um sinal para que a enfermeira fosse buscar um balde.

"O medicamento lhe fez mal?"

Nicolas pegou a sua caderneta no bolso do casaco e anotou: ALERGIA A ESCOPOLAMINA?

De forma tão repentina quanto começou, o vômito parou de escorrer da boca de L. Seu torso desfez o movimento esquisito. Agora ele estava com a coluna ereta, a postura digna de um soldado batendo continência, aguardando que o capitão o liberasse. Ainda não encarava Nicolas, continuava fitando a parede.

Daqueles lábios finos emergiu uma voz trêmula.

"Não", L. disse.

Nicolas ficou tão entusiasmado com o avanço que nem atinou a que L. se referia.

"Não!", exclamou junto. Aí olhou a caderneta. "Não foi a injeção que lhe fez mal?"

"Não", L. repetiu com mais segurança.

"O que foi, então?"

"Essa minha doença", L. disse, com uma voz que ia ganhando força, mas que ainda tremulava como a de um adolescente.

"Nossos médicos analisaram o senhor faz sete dias. Você tem um corpo saudável de um jovem guerreiro. A sua doença está aqui", Nicolas disse, apontando para a própria cabeça.

"É física", L. insistiu.

Nicolas cogitou retrucar que era mental, mas logo concluiu que essa discordância seria a pior estratégia.

"É? Então me conte, pois estou aqui para ajudar. Onde dói?"

"Em tudo. Por dentro. É uma náusea terrível."

Nicolas rabiscava selvagemente tudo na sua caderneta, aventando a possibilidade de problemas estomacais não diagnosticados.

"E quando essa... doença começou?"

"De manhã", L. disse. "Uma manhã qualquer. Muito cedo. O sol nascendo. Eu na cama. Acordei com isso."

O barulho do lápis contra o papel era tão alto quanto o de uma espada em um muro de pedra.

"Interessante", Nicolas respondeu. "Um dia você acordou com um enjoo..."

"Não", L. interrompeu, com um tom irritado. "Você não está entendendo?"

O rosto dele se virou para o doutor, e os dois enfim se encararam. L. estava com as pupilas dilatadas, talvez por causa do medicamento. Seus olhos pareciam ainda mais negros.

"É física. Essa tristeza. É insuportável. Não aguento mais.

Eu só preciso da sua ajuda. Só preciso…" L. parou e olhou para o lápis na mão de Nicolas.

Nicolas se levantou e foi se afastando, pouco a pouco, tentando não demonstrar medo. A enfermeira ainda não tinha voltado.

"Do que você precisa?", Nicolas perguntou, para não deixar a conversa morrer.

"O lápis serve. Não quer me emprestar?"

"Nós estamos aqui para ajudar você."

"Eu não preciso de vocês."

"Eu sei o que você quer fazer com o lápis. O mesmo que você fez com a medalha."

"Já fiz minha parte. Já matei muita gente. Agora só não quero mais sentir dor. É pedir demais?"

O queixo de L. estava todo empesteado com restos de vômito. Nicolas se reclinou para trás e tentou esconder a repulsa pelo cheiro.

"O nosso diretor quer que você faça terapia de choque", Nicolas avisou. "Pode parecer assustador, mas temos resultados excelentes em pacientes tomados pela melancolia, como você."

"O senhor não entende. Não tem fim. Essa tristeza não tem fim. É mais forte do que eu."

"Você pode me falar dela, L. Pode me contar tudo. Eu estou aqui para ajudar. Todos nós estamos."

L. ficou de pé. Parecia um gigante. Parecia ter três metros. Parecia ter matado dezenas de soldados japoneses com os próprios punhos. Nicolas se afastou ainda mais. Já estava quase na porta. L. estendeu a mão.

"Doutor, eu não quero machucar o senhor. Por favor, me passe o lápis."

Nicolas conseguiu colocar a cabeça para fora da porta e viu que a enfermeira vinha pelo corredor a passos rápidos com um balde e um pano. Ela parou ao ver a cabeça do médico para fora.

Nicolas sussurrou: "Chame mais alguém!". Ela não escutou. Foi preciso repetir mais alto, ainda que L. pudesse ouvir. A enfermeira largou o balde, deu meia-volta e desapareceu no corredor.

Nicolas voltou a encarar L., tentando manter a calma, e disse: "Você é um herói, por isso recebeu esse tratamento. Por isso o governo do seu país pagou todas as despesas para você vir até a nossa clínica".

"Não faz diferença", L. respondeu, com a mão ainda estendida, certo de que Nicolas entregaria o lápis. "A minha vida já acabou. É tão difícil de entender?"

"Você tem uma esposa que te ama."

"Ela ama outra pessoa. Eu morri faz oito anos."

"Faz oito anos que começou a doença?"

"Não, a doença começou quando eu descobri que tinha morrido."

"Uma manhã qualquer."

"Acordei com essa sensação e consegui me arrastar até o banheiro depois de algumas horas. Aí me olhei no espelho e vi os vermes comendo o meu rosto, entrando no buraco do meu olho direito, nas minhas narinas, na minha boca que era só dentes."

"Como se você estivesse apodrecendo."

"Como um morto que esqueceram de enterrar."

Ouviram-se os passos apressados do guarda responsável pela segurança durante o dia. Ele entrou na sala e viu L. parado, com o braço ainda estendido, esperando o lápis.

"Precisa de ajuda, doutor?"

"Acho que está tudo bem", Nicolas respondeu em francês para o guarda. "Está tudo bem, L.?", perguntou em inglês.

"Eu não vou machucar ninguém", L. disse. "Eu não machuco inocentes", acrescentou, com um jeito infantil.

"Eu sei disso, eu sei."

Nicolas fez um sinal com a cabeça para o segurança do lado de fora relaxar.

L. devolveu o braço ao lado do corpo e voltou a sentar.

"Eu não quero mais falar", L. disse.

"Você aceita conversar mais amanhã?", Nicolas perguntou.

"Eu preferia ser enterrado. Não aguento mais o meu cheiro. Não sei como vocês aguentam. Vocês não veem? Sou puro osso. Osso e cabelo e unhas."

Nicolas não disse nada por um tempo.

"Ainda tem uma opção. O choque. A sua família já assinou os documentos aceitando o tratamento. Mas enquanto você puder conversar comigo, o ideal é que também concorde com isso. Não somos bárbaros. Estamos nos anos 50. Queremos oferecer o tratamento mais humano possível. E o eletrochoque tem efeitos colaterais, especialmente no que diz respeito à memória."

Os olhos tão escuros de L. pareciam faiscar.

"A pessoa esquece tudo o que aconteceu?", L. perguntou.

"Há casos de perda em diferentes graus."

"Mas tem como apagar toda a memória?"

"Não, calma, não é bem assim, o que ocorre é que…"

"E é possível morrer com o tratamento?"

"Não, é realizado por profissionais que…"

"Mas frita o cérebro? Como se fosse… *french fries*?", ele perguntou, rindo. Um riso juvenil, alegre. "Eu e você, doutor. O francês que vai transformar meu cérebro em *french fries*. É isso que eu quero, doutor. Pode fritar o meu cérebro. Pode fritar já."

Nicolas ficou um tempo surpreso com a mudança brusca de humor do paciente. O riso se transformou em gargalhada. L. se deitou na cama, recostando-se preguiçosamente, colocando a cabeça entre os braços. Parecia estar no dia mais feliz de sua vida.

Nicolas disse à enfermeira que ia encerrar o turno mais cedo e voltaria para casa. Ela sugeriu a trilha pela floresta.

"Esse é o fim da história?", perguntou Anna.

"É."

O vinho dela tinha desaparecido da taça. Contemplava o marido sem saber como reagir. De repente, uma lágrima escorreu dos seus olhos, em silêncio, e ela não teve pressa em limpá-la do rosto.

"Eu achei que você fosse gostar da história", ele disse. "Você sempre pergunta do meu trabalho."

Ela não respondeu.

"Posso contar da minha volta pela floresta. Eu jurava que um urso estava me perseguindo."

Ela não deu a menor atenção ao gracejo.

"Eu não entendo", ela falou, de repente.

"O quê?"

"Como você consegue?"

"Tratar pacientes?"

"Não. Não é isso. Não ser afetado pelas histórias deles."

Ele ficou quieto e se levantou para buscar mais vinho. Havia tantos casos menos pesados que podia ter relatado, pensou. Por que não contou algum com final feliz, em que o paciente saiu curado e a família o recebeu de volta atribuindo milagres aos médicos?

"É fácil não se afetar. Qualquer sofrimento que eu tenha não se compara com os deles", disse, de pé, de costas para ela. "É preciso ter isso em mente. Dá uma perspectiva."

"Claro que não. Você não tem traumas de guerra porque não lutou."

"Porque nós dois", e então repetiu com ênfase, "*nós dois* concordamos em ficar em Vichy."

"Aproveitando os melhores vinhos enquanto o resto das pessoas…", ela resmungou, levantando-se de repente.

"Você sabe que não é assim."

Ela cobriu o rosto com as duas mãos.

"Sinto muito. Viu? Tem um motivo pelo qual eu não conto as histórias do meu trabalho para você."

"Tudo bem. Vai ficar tudo bem."

Ele caminhou na direção dela e a abraçou. Levava o vinho em uma mão e a garrafa se encaixou entre as costas dela, como se fosse um terceiro membro da família.

"Juro que estarmos aqui é apenas temporário."

"O seu trabalho é importante", ela disse. "Não estou discutindo isso. Eu queria ter um trabalho, como tinha antes. Só isso. E, de alguma maneira, nós viemos parar em um país onde as mulheres nem podem votar."

"É temporário."

"Se você falar isso mais uma vez, juro que quebro a garrafa de vinho na sua cabeça."

Ela se desvencilhou do abraço, abriu com a ponta dos dedos o vestido florido que usava e foi até o quarto para vestir a camisola.

"Só imagino como vai ser no inverno", ela disse lá de dentro.

"Antes vamos aproveitar o outono ameno."

"Eu sei."

Anna desapareceu dentro do quarto. De lá, Nicolas escutou a voz dela: "Aconteceu outra coisa em Genebra".

"O quê?", ele perguntou, da sala.

Anna reapareceu na soleira, de camisola.

"Estão buscando jornalistas para um projeto científico. Alguém que fale várias línguas."

Ele a encarou.

"Você está pensando em se candidatar à vaga?"

"Seria interessante, não?"

"Ciência?"

"Um conselho nuclear."

"Você só pode estar de brincadeira. Trabalhar com bombas?"

"Não, tolo. Nada militar. Um grupo de pesquisa."

"Não sei se é uma boa ideia, Anna."

"Eu sabia que você ia dizer isso."

Nicolas de repente se viu sem saber como dar continuidade àquela conversa. Voltou para a cozinha, procurou um pão na despensa, pegou um pedaço da baguete um tanto dura, cortou-a com uma faca, procurou a manteiga. Lembrou-se do rosto bruto de L. se desfazendo numa gargalhada, e pensou que tinha mais facilidade conversando com alguns pacientes do que com Anna. Onde ela estava? Não ouvia mais um só ruído vindo do quarto. "Conselho nuclear", repetiu para si, em um sussurro. E se recordou do primeiro caso — uma paciente, por acaso também vinda dos Estados Unidos — que ele atendeu assim que chegou à Suíça, logo que assumiu o cargo de psiquiatra na clínica e todos no vilarejo passaram a se referir a ele como "doutor".

2.

"Nós as chamamos de histéricas", ele explicou à enfermeira.

"Vale lembrar que eu trabalho com isso há mais tempo que o senhor, doutor Nicolas", respondeu a mulher, que parecia vestir aquele uniforme branco desde antes da guerra.

"Claro, desculpe", ele respondeu, abaixando a cabeça.

Os dois observavam à distância a paciente de dedos sangrando. Os lençóis da cama estavam manchados de vermelho, pareciam ter embalado uma pessoa ferida por estilhaços de granada, mas aquela mulher nunca tinha chegado perto de um campo de batalha.

Como fazer com que parasse de roer as unhas até chegar à carne? A enfermeira oferecera dicas práticas, como esfregar pimenta nos dedos.

"Tratar a paciente como um animal?", perguntou Nicolas. "Como um cachorro que toma uma surra de jornal enrolado depois de mijar dentro de casa?"

"Não é minha culpa se ela só fala inglês. Os americanos são todos assim, nunca sabem outra língua."

"Eu falo inglês."

"Sim, o único dos médicos que fala esse diabo de língua, por isso teve de tratar os dois únicos americanos da clínica. Você acredita que um psiquiatra, na entrevista de emprego, disse que era fluente em inglês, e aí foi conversar com uma paciente e o diretor notou que o psiquiatra seguia falando francês, só que com um sotaque estrangeiro, botando uns 'the', uns 'you', nas frases?"

Nicolas riu.

"Eu acredito que você não mentiu na entrevista", disse a enfermeira, "então agora quero ver o senhor convencer a paciente a não roer as unhas."

Nicolas olhou para as próprias mãos, com as unhas já proeminentes, e sentiu um desejo intenso de roê-las, não por ansiedade, mas porque aquela era sua primeira semana de trabalho e pareceria desleixo andar com unhas tão compridas.

"Pense pelo lado positivo, doutor", aquela vozinha ao seu lado, insistente, perturbadora, continuava em sua provocação, "pelo menos pegaram leve com o senhor, por ser novato aqui e tudo mais."

"Pegaram leve em que sentido?"

"No sentido de que só lhe deram casos que parecem ter solução. Nenhum louquinho violento que logo vai parar no Val-de-Grâce. A cena é feia, mas no fundo são apenas unhas, não?"

O doutor fez sinal para que a enfermeira levasse a paciente para o seu consultório.

"Vou fumar um cigarro antes", ele avisou, gesticulando com a cabeça na direção da saída.

"Lá fora? É uma boa. O clima ainda permite. No inverno, você não vai querer ficar um segundo que seja lá fora. Mas não demore. Melhor não deixar sua histérica esperando."

Do lado de fora, acendeu o cigarro e guardou a caixa de fósforos no bolso. Viu outros colegas se aproximando da porta de entrada e decidiu dar a volta ao redor do prédio, para conseguir fumar em paz. A construção da clínica terminava na encosta de um morro, e uma escadaria improvisada de tábuas lisas de pedra permitia subir alguns metros. Nicolas tomou esse caminho até estar quase na mesma altura do segundo andar do prédio, e olhou para o horizonte ao leste, iluminado pelo sol, onde se viam, às margens do lago Léman, as construções medievais de Lausanne.

Alguns médicos moravam em Lausanne e dirigiam por mais de hora, atravessando estradas esburacadas que no inverno ficavam bloqueadas por um tapete de neve, até chegar à clínica. Sua esposa estaria mais feliz em Lausanne, ele pensou, e foi egoísmo dele insistir para que alugassem uma casa no vilarejo, usando vários lugares-comuns para convencê-la de que a vida pacífica no campo era um sonho e que, de qualquer forma, ela poderia ir a Lausanne sempre que quisesse. O hábito dela de ir de trem a Genebra, bem mais distante, parecia uma provocação.

No entanto, por que não Lausanne? Ele não se incomodaria tanto assim de dirigir toda manhã, mas havia alguma coisa naquelas cidades suíças de médio porte que o faziam recordar de Vichy. Algo na tranquilidade de um lugar que se diz movimentado. O silêncio de Vichy, é claro, era diferente.

O cigarro estava quase no fim. Ele se lembrou do hábito que tinha de acender o primeiro só depois de pegar o jornal e abri-lo sobre a mesa, ao lado de uma xícara de café, e como Vichy arruinou esse hábito.

Os maiores jornais tinham deslocado suas redações para a cidade, após a ocupação de Paris, mas agora filtravam todas as notícias por camadas grossas de um catolicismo mofado e conservador. A única saída era um único suplemento literário, que nas entrelinhas oferecia algum fôlego para leitores que morriam asfixiados. Devia ser porque as autoridades nunca se importaram com a literatura, pensou, sempre foi uma cultura que atingia uma minoria irrelevante, mas depois desfez o próprio argumento, ao se recordar dos *outros* suplementos literários, todos com o mesmo tom, que nunca usavam a palavra fascismo, mas que falavam da importância da família e da função moralizante dos artistas.

A última tragada do cigarro não trouxe prazer ou alívio. Ele jogou a bituca contra o degrau de pedra, amassou-a com o sapato e começou a descer o morro, retornando à clínica. Anna foi infeliz em Vichy, pensou, e já está infeliz aqui.

Olhou as páginas do relatório listando os sintomas. Períodos de mania, com surtos de neurose, alternados com melancolia profunda. Dias gritando com as paredes. Os dedos destroçados. Não precisava ler o relatório para saber que a paciente sofria de insônia: bastava contemplar a pele desbotada e os círculos profundos das olheiras.

Nicolas se apresentou. Ela sorriu, o que ele julgou ser um bom sinal. Ele estendeu a mão, ela também, mas logo se arrependendo, envergonhada do estado lamentável dos dedos.

"Eu li o seu relatório", ele disse.

Ela ficou em silêncio.

"A partir de agora, nós vamos conversar bastante, com frequência, para tentarmos entender como você chegou a esse estado, quais as causas da sua histeria, e pensar em um tratamento."

"Você acha que eu tenho cura, doutor?"

"Sem dúvida. Senão você estaria em outra ala. Não estou mentindo."

"Não aguento mais as injeções de calmante. Parece que eu morri. Não que morri, morri. Eu sei que estou viva, mas quando falam comigo parece que não falam comigo, quando como, só consigo engolir umas poucas garfadas, sei que estou me alimentando, mas a comida não tem sabor."

"Certo, posso falar com as enfermeiras para revermos a dosagem de fenobarbital. É uma reclamação comum dos pacientes. Temos que pesar os prós e os contras."

"Não quero ficar sem os calmantes, não é isso!", ela se apressou em dizer.

"Claro, claro. Imagino. Mas vamos falar de você. Do que está incomodando você. De quando começaram esses surtos."

"Ah, eu sei muito bem. Eu sei o dia. Eu sei a hora. Todo mundo sabe."

Ela exibiu os dentes, alguns lascados, provavelmente por pressionar a mandíbula com muita força.

Nicolas riu. "Nem tudo é trauma original. Vamos por partes."

"Desculpe, doutor, é que já passei por tantos psiquiatras, sinto como se tivesse feito um curso só por ser cobaia dos métodos de vocês... A questão é que tudo gira em torno dessa minha experiência. Tudo é tão óbvio."

"Então me conte o que aconteceu."

Ela emudeceu e olhou para o canto onde o chão encontrava a parede.

"Você não quer falar disso agora?", perguntou o doutor.

"Na verdade, não. Do que mais podemos falar?"

"Do que você quiser."

"Você é psiquiatra. Vai pedir para eu contar meus sonhos."

"Você quer contar seus sonhos?"

Ela fez um gesto no ar, sacudindo a mão, descartando aquilo como a sugestão mais ridícula possível.

"Eu sonho com o dia em que tudo deu errado, também. Com isso. Com aquilo. Não sei como dizer."

"Com o trauma?"

Ela assentiu. "Meus sonhos ficaram reais. Não tem nada de misterioso neles. É a cena se repetindo. As cores. Qualquer sonho que eu tenho, pode ser algo inocente, uma lembrança de infância, tanto faz, o sonho é colorido pelo laranja, você entende, doutor?"

Nicolas ainda não sabia do que ela estava falando. Não havia menções à origem do trauma no relatório; os informes costumavam omitir questões pessoais discutidas sob sigilo médico. De qualquer maneira, era um relatório precário, incompleto, como se o hospital anterior quisesse se livrar da paciente sem mostrar que fracassaram no tratamento. No máximo, constavam as respostas que ela dera às manchas do teste Rorschach, codificadas, sinalizando que entre as respostas predominavam "C" e "F", cores e formas.

Então, Nicolas pediu que ela contasse o seu sonho mais recente.

Era tudo laranja, doutor, era tudo naquele tom do sol quase se pondo, sabe, quando você não enxerga o sol, mas olha as casas e os prédios, e todos estão laranja. E eu estou em Swisher, que é uma cidadezinha em Iowa, tão pequena quanto esse vilarejo em que a gente tá. Passei boa parte da infância lá, antes de a gente se mudar para a costa oeste. Antes de eu ter começado no emprego que estragou minha vida e me transformou nesse trapo que tudo que faz é chorar e comer os próprios dedos.

No sonho, eu estou brincando com meus irmãos no jardim, a gente tá correndo para lá e para cá, e o jardim parece muito grande, sem cercas, como se a gente pudesse caminhar até Illinois, e nossos pais nem se incomodariam.

Se meus pais estão lá? Estão sim, olhando pra gente, isso é, pra mim e para os meus irmãos, mas eles aprovam tudo.

Mas os meus irmãos reclamam, eles dizem que o sol está muito forte, e eu digo que não, o laranja é assim mesmo, é um laranja de pôr do sol, de fim de tarde, e eles insistem que a gente vai ficar cego. É aí que o sonho muda de tom, doutor. Deixa de ser uma lembrança dessa felicidade que era ter cinco anos e não se preocupar com nada além de brincar. Os meus irmãos — eles são mais velhos, já falei isso? — começam a gritar, e a princípio acho que estão apenas continuando a brincadeira, até que um deles toca no braço do outro e a pele cai fora, mole, como uma batata cozida por tempo demais. Eles estão ficando sem pele. Os olhos sangram. E então eu encaro de novo o sol e agora entendo o que eles querem dizer. Meus olhos começam a sangrar também, e eu acordo, é sempre nesse momento que eu acordo, o que eu acho até um alívio, doutor, pois eu não olho para baixo de novo, eu não vejo que a cidade inteira está assim, que as pessoas andam descascando, tentando continuar vivas, e tudo o que elas viram foi uma cor laranja.

Nicolas conferiu mais uma vez a ficha da paciente. Nome: Mary _____. Estado: Novo México. Cidade: Santa Fé. Ele olhou para a enfermeira, ela estava com um sorriso esquisito, debochado, ele supôs. Sim, ela sabia mais coisas sobre a paciente, mas não mencionou nada. Talvez o problema não fosse o relatório do hospital anterior, talvez fossem as ordens da diretoria, que buscava um olhar novo, puro, fresco, ao problema psíquico. Nicolas fitou a paciente, que parecia ter chorado a noite toda, mas não tinha marcas físicas disso — sem lágrimas, olhos inchados, nariz escorrendo.

"Então você trabalhou em Los Alamos?", perguntou o doutor.

"É sério que vou ter que repetir isso?"

"Me desculpe, acabei de chegar aqui. Ninguém tinha... mencionado."

"Por onde eu começo?"

"Como você foi trabalhar lá?"

Ele contemplou aquela mulher que parecia surrada pela vida, com os dedos quase sem pele, como se ela tentasse reconstruir com os dentes os efeitos da bomba atômica em um ser humano. Então ela começou a contar.

Nicolas ficou sabendo que havia uma demanda de funcionários no condado de Los Alamos, não tão distante de Albuquerque. Mary estava com a mãe enferma, um câncer em estágio intermediário ainda, o dinheiro seria bom. Ele perguntou que tipo de câncer, e ela falou "aquele que não é bem no sangue", e ele tentou completar: "leucemia?", ao que ela respondeu que não com a cabeça.

"Linfoma?"

"Isso."

Mary encarou o chão e continuou o relato.

Ela era aprendiz de secretária, datilografava bem, o emprego em Los Alamos não parecia particularmente interessante, mas, ao mesmo tempo, era algo que ela poderia fazer — algo que até um macaco treinado seria capaz de fazer, ela disse. Mary fez a entrevista sem saber direito no que trabalharia, além do fato de que ajudaria o exército americano no *war effort*, uma expressão vaga e utilizada para explicar como civis podiam auxiliar no combate ao Eixo.

Uma parte das pessoas que frequentavam Los Alamos trajava farda e de longe era possível reconhecer um general coberto de medalhas prateadas. Outra parte era de homens branquelos e suados com rostos ansiosos — físicos, logo ela descobriu. Além desses dois grupos, havia uma massa de funcionários perdidos, como ela, que recebiam tarefas muito específicas.

Mary se sentava em uma sala junto com várias outras mulheres. Quando certo indicador atingia a marca verde, ela precisava girar uma chave; quando outro medidor chegava à linha vermelha, ela precisava apertar dois botões em uma ordem específica.

Seus talentos de datilógrafa não seriam usados, mas o pagamento era bom. Logo que foi aprovada pelo entrevistador, recebeu dezenas de folhas com regras draconianas tratando do sigilo do que era feito ali. Havia menções a bloqueios de telefonemas, vigilância de cartas enviadas, censura prévia.

Mary precisaria assinar os papéis, confirmando que estava de acordo com tudo aquilo. Ela pensou em perguntas, pelo menos foi o que contou ao doutor, mas era tudo tão estranho, aquele entrevistador era tão intimidador... Pegou a caneta e rubricou as folhas de papel, tantas que teve a impressão de tardar minutos na tarefa.

"Então você se sentiu enganada?", interrompeu Nicolas.

"Por trabalhar em uma arma de destruição em massa sem saber que eu estava trabalhando em uma arma de destruição em massa? O senhor acha que eu posso vir a ter o direito sagrado de me sentir enganada?"

Nicolas fez rabiscos na sua caderneta, fingindo que anotava alguma coisa, para poder desviar os olhos.

"Os Aliados ganharam a guerra no front oriental graças a isso. Quantas vidas não foram salvas, pensando a longo prazo?"

Ela caiu em uma gargalhada sem controle, *maníaca*, pensou o doutor, *histérica*.

"Todo mundo que trabalhou lá sabe que não foi para ganhar a guerra que a gente jogou essa bomba, doutor! Pelo menos não a segunda, de Nagasaki! Que vidas foram salvas com isso?"

Ela se levantou para ir embora.

"Achei que o senhor seria mais inteligente. Não acredito que vai poder me curar."

"Espere um pouco. Vamos conversar."

A mulher hesitou antes de retornar à cadeira, o que fez com uma alegria desvairada. Nicolas registrou na caderneta: MUDANÇAS BRUSCAS DE HUMOR.

"Vamos, sim, não tenho tanta coisa para fazer no meio do mato e das montanhas."

"Retomando aqui... os seus sintomas, eles começaram quando? Logo depois de Hiroshima ou Nagasaki? Quando você entendeu que trabalhava com uma bomba?"

"Não, longe disso."

Nicolas anotou: IMPACTO DO TRAUMA ADIADO.

"Porque eu era como você, doutor. Achava que tudo era válido para enfrentar o nazismo, o fascismo e os malditos *japs*."

"E não era?"

"As informações vazam, doutor. Até para as mulheres, as mulheres idiotas, estúpidas, que só precisavam girar uma chave quando o indicador atingia o vermelho, talvez tenha chegado para nós antes mesmo do que para os físicos que passavam o dia inteiro olhando equações na lousa."

"Como assim?"

"Depois que desmontaram Los Alamos, depois que a vida voltou ao normal, começaram a circular boatos de que o Japão se renderia de qualquer maneira, a bomba foi uma demonstração de poder para os próximos inimigos... A minha mãe tinha morrido enquanto eu estava em Los Alamos... E pensei: a ciência descobriu como dizimar uma cidade e todos seus habitantes, mas não descobriu como curar a minha mãe. Aí passei a prestar mais atenção nos boatos sobre os bastidores das bombas."

Ele cogitou perguntar a que rumores ela se referia e, antes que pudesse questioná-la, ela conduziu a conversa para outra direção.

"Ao mesmo tempo, começou a aparecer na televisão os horrores dos alemães", ela disse. "Eles também tinham as máquinas de matar deles. Os campos que pareciam indústrias automobilísticas de tão eficientes. A organização rígida, as hierarquias. E eu pensei, não, nós somos diferentes. Lembrei de um jovem bonito, charmoso, sorridente, o dr. Feynman, que sempre aparecia na nossa sala para fazer piadas, para romper a senha dos cofres como se fosse um truque engraçado, e eu pensei, esse homem não é um genocida. E começaram os julgamentos, doutor, dos nazistas, e todos se achavam tão inocentes, pois apenas cumpriam ordens dos superiores. Então, quem resolveu construir os campos, matar aquela gente toda? E quem resolveu construir uma bomba atômica?"

"Foi aí que começaram os sonhos?"

"Os sonhos só revelaram algo óbvio para mim, doutor. Desculpa, mas o senhor é religioso?"

Nicolas fechou a caderneta.

"Na verdade, não."

"Eu sou católica, doutor, e eu sei que os meus sonhos não passam de uma antecipação do purgatório. Todo o sofrimento de quase uma eternidade. Eu mereço esse sofrimento, doutor. Eu não sou inocente."

"Mas você não sabia de nada quando foi trabalhar em Los Alamos."

"Eu não sabia de nada nem quando parei de trabalhar em Los Alamos."

"Então..."

"Crianças morreram por minha causa, doutor."

"É uma guerra. Até o herói mais condecorado contribuiu com a morte de algum civil."

"Não dá para fazer omelete sem quebrar ovos. Mas você não acredita nisso de verdade, certo, doutor?"

"Como assim?"

"Ah, você só está falando isso para me agradar."

"Então você se sente culpada."

"Todos nós somos culpados. Os Estados Unidos precisam acabar. Foi Hiroshima e Nagasaki, sabe-se lá quais serão os próximos alvos. Sempre vai ter um alvo, doutor. Até arrancarmos o mal de vez. Até acabarmos conosco. Isso não vai demorar. E vai ser um acidente. Uma pena."

"Acho que me perdi."

"Do que adianta se destruir se ninguém sente culpa?"

"Continuo sem entender."

"Precisa ser de propósito. Acidentes não têm intenção. É preciso querer se purificar."

Ele parou e anotou: IMPULSO DE AUTOANIQUILAÇÃO. UNHAS = DESEJO DE SE MACHUCAR?

"E você costuma ter pensamentos suicidas com frequência?"

Ela riu.

"Não, doutor. Não penso em me matar. Pode ficar tranquilo. Eu sei como vai ser o purgatório. Não tenho a menor pressa de chegar lá."

Nicolas olhou o relógio de parede e ficou surpreso com a passagem do tempo.

"E agora, doutor? Você ainda acha que eu tenho cura?"

"Com certeza, por que eu teria mudado de ideia?"

"E qual será a sua estratégia? Me convencer de que sou inocente?"

"Eu..."

"Meu trauma está aí, está exposto, doutor. Não há nada o que descobrir. Não há nada o que perguntar sobre a minha família. Da minha relação com meu pai. Não tem nada lá, doutor. Tem eu e uma bomba e milhões de inocentes que se desintegraram num instante."

"Você me explicou quando começaram os sonhos... Mas não quando começaram os sintomas mais severos."

"O senhor quer dizer os gritos?"

Nicolas olhou para os pedaços restantes de cutícula pendendo dos dedos finos da mão dela e o sangue coagulado ao redor.

"E todo o resto", ele complementou.

"Ah. Isso é fácil. Foi quando abri uma revista e vi uma foto de Hiroshima. Um senhor sendo cuidado pela filha. Ele estava sem pele e tinha inúmeros vermes se alimentando dos músculos dele. Ia ser uma morte desgraçada. A filha também iria morrer. Se ela estivesse grávida, o feto também ia morrer. Quem viu o laranja do céu ia morrer logo, mesmo que estivesse longe do epicentro. Uns de forma mais dolorosa que os outros. Uma morte longa e sofrida."

"Você acha que os homens que soltaram a bomba também se sentem como você?"

"Não. Estão felizes, com suas famílias, seus quintais, a bandeirinha americana balançando..."

"Ao contrário de você. Que carrega a culpa pela morte desse senhor, dessa filha, desse bebê imaginário."

"É claro, doutor. Você não sentiria culpa?" Ela bufou. "É o mínimo de sensibilidade. O mínimo de empatia. Imagino que você fez faculdade de medicina porque quer curar os outros, não jogar uma bomba na cabeça deles."

"Estamos aqui para falar de você."

"Mas eu fiquei curiosa. E o senhor? Por onde o senhor andava durante a guerra?"

Nicolas se levantou e disse que aquilo era conversa para a próxima sessão, pois infelizmente tinham chegado ao limite de horário e ele estava apenas começando a ronda pela clínica.

Ela abriu um sorriso largo, mostrando de novo os dentes lascados. Dessa vez, ele observou que ela também não os escovava sabe-se lá há quanto tempo. Os médicos costumam se referir a esse descaso com o próprio corpo como "pacientes que desistiram" e consideram qualquer avanço na higiene um grande salto na saúde mental. E, por alguns segundos, Nicolas ficou observando, esperando que ela caísse na gargalhada, mas a boca ficou imóvel, esgarçada, enquanto ela dirigia um olhar maníaco ao doutor, esperando que ele saísse de cena.

3.

A pergunta da esposa. Como ele conseguia não ser afetado por aquilo, por tanta melancolia. Ele tomava notas. Conversava com os pacientes. O problema era deles, não do doutor.

No entanto, um mês depois de chegar ao vilarejo, ainda sentia que não tinha sido capaz de ajudar ninguém ali. Não de maneira significativa, não através de um método mais eficaz que o eletrochoque.

O caminho da floresta deixou de ser um capricho e se tornou obrigatório. Às vezes chegava mais tarde em casa porque via uma trilha de cascalhos estreita surgindo entre as árvores e a seguia para ver as outras bifurcações, embrenhando-se pelo verde até sentir que o risco de se perder era grande demais. Então retornava, ofegante, ao caminho principal que conduzia ao vilarejo. A altitude dava a impressão de que não havia oxigênio suficiente chegando aos pulmões e o efeito era entorpecente. Inspirava fundo para absorver os cheiros da grama úmida e do tronco das árvores, mas parecia que estava recebendo apenas a quantidade mínima de ar para continuar vivo. Ele se virava para trás e contemplava, à distância, o prédio modernista da clínica. É um espaço de cura, pensou, e seguia caminhando, ouvindo os pássaros saltando de galho em galho, todo esse ambiente, pensou, esse ar, a montanha, a floresta, é um espaço de cura, pensou. O branco dos alpes reluzindo à esquerda.

A noite caía e era possível vislumbrar o sino da igreja. Ele se lembrou do relato da paciente de Los Alamos, a foto do moribundo. Ele nunca viu a foto, mas enxergava-a com o preto e o branco muito contrastados em sua mente. Por que a mulher também morreria? Pela radiação? A radiação era contagiosa, como um vírus? Podia ser passada pelo pai, pela proximidade? As partículas continuavam lá? Ou seria por causa da chamada chuva ácida? Nicolas se deu conta de que não fazia a menor ideia de como funcionava a radiação. Desde que decidira aperfeiçoar-se nos métodos psicanalíticos, abandonou a ciência dura da faculdade de medicina. Não era capaz de explicar por que uma descarga elétrica nas têmporas deixava as pessoas mais alegres. Talvez nem os criadores da máquina soubessem. Ninguém entendia como funcionava o cérebro mais do que o estômago ou o intestino. Seria a radiação contagiosa? E pensou nos seus pacientes, e pensou na pergunta da esposa. Seguiu caminhando, um aperto dominando o peito. A dificuldade de respirar se agravou de tal maneira que Nicolas achava que não seria capaz de engolir a própria saliva, que sua garganta estava fechando. Seria um efeito da exposição à radiação o bloqueio das vias aéreas?, ele se perguntou, de repente, embora a pergunta não fizesse o menor sentido, não possuísse qualquer fundamento científico. Mas a radiação era invisível, atravessava fronteiras, instalava-se no corpo humano. Não dava para saber apenas olhando se uma pessoa estava contaminada pela radiação, exceto em casos drásticos, alguém a poucos quilômetros do cogumelo atômico subindo aos céus. Como a melancolia, pensou Nicolas. Seria a melancolia também contagiosa, transmissível como o vírus da gripe? Seria possível uma epidemia de tristeza? Não, claro que não. Nos devaneios da caminhada pela floresta, ele deixava para trás toda a lógica do método científico. Era terapêutico, mas também inútil, ou talvez terapêutico porque inútil.

A cada dia ele avançava mais para dentro da floresta, mas o medo de se perder nunca ia embora, por mais que conhecesse cada vez melhor o terreno. Ainda assim, quantos quilômetros de vegetação existiam ali? E como não confundir um trecho de mata cerrada com outro? Estipulou seu novo limite: caminhar até um ponto em que não fosse mais possível escutar as vacas que pastam do outro lado da trilha, apenas os ruídos de animais escondidos em meio à folhagem dos abetos.

Pensar em radiação era também pensar em Anna e no tal conselho nuclear. Por que ela se envolveria com isso? Pensar em radiação era pensar em Anna, e também pensar em câncer, em uma massa crescendo dentro do corpo, coagindo células a integrarem seu exército de destruição silenciosa.

Quantas vezes ele não se apalpou e pensou que qualquer massa estranha podia ser um câncer, um volume estranho no centro onde as costelas terminavam, um inchaço nas pernas que por sorte desaparecia dias depois... Quando optou por se especializar em psiquiatria durante a faculdade, foi, em parte, para escapar das descrições de doenças apavorantes que podiam vitimá-lo, que distorceriam suas células e aumentariam de tamanho, ganhando terreno em uma batalha invisível.

Agora sua mulher escolhia a ciência dura, a radiação, o pesadelo das duas cidades japonesas, os sonhos recorrentes de sua nova paciente, Oppenheimer e Curie, duas faces de uma moeda, e ele olhou ao seu redor: árvores, árvores, árvores escalando ao céu de um azul quase marinho.

Nunca estiveram tão distantes, ele e ela.

* * *

A noite caiu e o vilarejo só tinha um bar, um lugar infeliz e mal iluminado com uma grande oferta de licores que todos preferiam ignorar. O Calvados, um destilado de maçã, era o mais pedido nas noites frias, contou a mulher eslava que cuidava do local, com uma simpatia e um otimismo que tentavam tornar o ambiente aconchegante, mas parecia perder a batalha contra aquelas paredes verde-claras, opressoras como uma cela para bandidos perigosos.

Era fim do mês e os colegas de Nicolas o convidaram, junto com sua esposa, a uma noite de coquetéis no Le Papillon. Ele chegou em casa e mencionou o convite, na esperança de que Anna seria melhor do que ele em inventar desculpas. Ela ficou radiante com a possibilidade de conhecer mais alguém naquele fim de mundo, e sua camisola logo se metamorfoseou em um vestido azul coberto por uma estola feita com a pele de algum roedor.

Chegaram ao Le Papillon cedo demais, e encontraram apenas uma enfermeira — Nicolas não sabia o nome de nenhuma delas e chamava todas de Marie, pois havia pelo menos duas Maries entre as dez enfermeiras do Centro — e o clínico geral Jacques, que tirou o chapéu com uma reverência exagerada ao ver Anna. Nicolas apresentou os dois, e a enfermeira interveio e se apresentou como Adèle. Nicolas a reconheceu como a pessoa que não forneceu nenhuma informação útil no dia da primeira sessão de terapia de Mary — que seguia no Centro, sob cuidado, sem nenhum avanço significativo na sua condição.

Jacques repetiu a piada que todos no Centro ouviram tantas vezes, mas agora com a plateia inédita: "Sou o único homem são no lugar".

Anna riu. "Disso não duvido. Mas você parece sã", referindo-se à enfermeira.

"Mas eu não sou homem", disse Adèle, "então não entro na conta."

Nicolas ofereceu um sorriso amarelo.

Anna pediu um Calvados, embora não nevasse há meses na região. "Diz uma coisa, Jacques. Você não se afeta com as histórias que escuta dos pacientes?" Ela ia seguir falando, talvez mencionando a história que ouviu do soldado grandalhão com impulsos suicidas, mas Nicolas interrompeu com o pedido de uma taça de vinho.

Jacques entendeu, e bateu no ombro de Nicolas, o que pareceu a ele uma violação de espaço pessoal.

"Está tudo certo, todos nós contamos para os outros das loucuras mais absurdas. São doenças mais interessantes que um câncer no pâncreas. Veja bem, Anna. Eu sou o único são porque, antes de tudo, sou um clínico. Quando há problemas físicos nos pacientes, eu que os examino. Nem todas as doenças têm cura, nem todas as doenças têm uma explicação conhecida. Mas podemos fazer suposições. O corpo é uma máquina. Já o cérebro? Eu não faço ideia."

"Ah!", exclamou Anna. "Agora entendi. Mas você não acha que esses louquinhos podem ser curados com algo físico?"

"Botar os pacientes para fazer exercício?", perguntou Nicolas.

"Ou uma injeção", disse Adèle.

"Não faço a menor ideia", confessou Jacques. "Diria que não. É um mundo novo para mim. Também entrei faz poucos meses. O que mais me choca", disse Jacques, com os olhos repentinamente cheios d'água, o que surpreendeu não apenas Nicolas, mas também Anna e Adèle, "é que esses pacientes todos querem morrer."

"Não é bem assim", apressou-se Nicolas.

49

"Veja bem", seguiu Jacques, "quantas vezes eu contei a um paciente que ele tinha pouco tempo de vida. Menos de um ano. Um câncer, uma metástase, uma doença autoimune sistêmica. Talvez poucas semanas de vida. E todos choram, desesperados. Como todos nós faríamos se descobríssemos uma doença terminal, certo?"

Anna sacudiu a cabeça, concordando.

"Eles ficam em pânico. Alguns choram porque a esposa descobriu que estava grávida e não verão o filho nascer. Outros porque não imaginavam que morreriam tão cedo. Alguns confessam tudo que teriam feito de diferente. O trabalho insuportável que abandonariam, o marido agressivo que as mulheres teriam, enfim, coragem de deixar. Ou listam lugares que gostariam de conhecer, Paris, Viena! Os pacientes reagem assim. Sou especialista em dar más notícias."

O Calvados de Anna chegou, e a garçonete entregou a bebida em silêncio.

"Aqui, a história é outra", continuou Jacques. "Com eles já tive que lidar com, o quê, cinco tentativas de suicídio? No pouco tempo em que estou aqui."

Todos tomaram um gole da sua bebida, tirando Nicolas, que ainda aguardava o vinho.

"Doenças mentais também matam", disse Nicolas, com uma voz trêmula que mudou de tom no meio da frase.

"Sim, sem dúvida", concordou Jacques. "A diferença, veja bem, é que os moribundos, os meus moribundos, os cancerosos, todos eles querem desesperadamente viver, querem continuar vivos por mais uma semana, que seja. Se aparecesse um picareta prometendo milagres se o paciente tomasse uma mistura de ópio com flores em uma garrafa, se aparecesse um padre falando de uma peregrinação pelos montes, se aparecesse um místico falando de cura pelo poder das energias do orgônio, esses pacientes acreditariam. Eles pensam que é uma grande injustiça morrer tão cedo. Não aceitam a possibilidade de que talvez não haja um Deus com um grande plano para eles."

"Que o universo é indiferente", interrompeu Anna.

"Isso. Eles acham que o universo gira em torno deles. Que só eles têm alma. Mas estou desviando do assunto. Eles somos nós. Todos nós queremos ficar vivos. Todos nós queremos ver nossos filhos crescerem até se tornarem adultos insuportáveis. A exceção são os pacientes aqui do Centro."

"O senhor deveria considerar a melancolia uma doença tão grave quanto um câncer", disse Nicolas.

"Ou a histeria", complementou Adèle, e Nicolas não soube se ela estava sendo irônica.

"Aí que está a questão. Essas doenças que fazem a pessoa querer morrer… É difícil para mim. Não consigo compreender", disse Jacques.

"Não é tão simples. Nunca é. Há um desejo de viver e um desejo intenso de morrer competindo um contra o outro. Por isso nós precisamos…"

"Eu sei que não é tão simples, mas você mesmo disse, o desejo de morrer está lá, o desejo de tirar a própria vida."

"Um pecado, minha mãe diria", acrescentou Adèle.

"Pense numa doença autoimune, Jacques", suspirou Nicolas. "O que é a doença autoimune? Quando o corpo acha que algum órgão está contaminado e manda imunoglobulinas até lá. O corpo acredita que ele próprio é a doença. No caso, o cérebro…"

"Não é a mesma coisa. Não é. Não acredito nisso. Não consigo entender por que alguém optaria por se matar."

Uma taça de vinho na mão de Nicolas e ele sequer sabia como a taça tinha ido parar lá. Alguns segundos de silêncio fizeram com que Adèle rompesse a timidez.

"Você falou dos moribundos", ela disse, apontando com a

cabeça para Jacques. "Se você descobrisse que tem apenas três meses de vida, por que não acabar logo com o sofrimento?"

"Muitos fazem justamente isso."

"Então...", começou Adèle, a voz trêmula e indecisa. "Todos nós estamos morrendo. Sejamos médicos, enfermeiras, soldados que sobreviveram à guerra. Talvez alguns queiram abreviar o sofrimento, porque a vida inteira..."

Jacques a interrompeu com um gesto de desprezo. "Se fosse comigo, eu ia querer me agarrar com toda força a esses três meses que me restam. Viver tudo o que não vivi. E era isso que alguns pacientes meus faziam. Os corajosos."

Adèle respondeu, em uma voz quase apagada: "Mas você disse agora mesmo que muitos se matavam".

Em segundos, aquela conversa se tornou tão desagradável quanto o próprio bar e suas paredes verde-claras.

"O problema da melancolia", disse Nicolas, em um tom conciliador, mas gesticulando de forma tão brusca que o vinho quase escapou da taça, "é que o melancólico não é capaz de se lembrar da última vez que não esteve daquele jeito, da última vez que foi feliz, que sorriu, que se sentiu contente com a própria vidinha. O mundo é uma grande terra desolada. Parece que nada nunca vai mudar."

"Interessante, doutor", disse Jacques, irônico. "Acho que você daria um bom psiquiatra."

Todos caíram no riso com a piada. Outros médicos e enfermeiras abriram a porta do Le Papillon. O lugar permaneceu mal iluminado, com uma calefação que parecia defeituosa, cuspindo uma fumaça rala e malcheirosa, e a garçonete manteve o sorriso congelado. Às dez da noite, ela anunciou que o lugar estava fechando. Alguns médicos sugeriram continuar bebendo na casa de alguém. Nicolas sussurrou a Anna que o ideal talvez fosse ir para casa.

* * *

Em casa, Anna logo jogou o vestido no chão e botou seu pijama, enfiando-se debaixo das cobertas.

"O que houve?", ele perguntou, e ouviu um muxoxo de resposta.

Sentou-se ao lado dela na cama e tocou-a no ombro. Ela se esquivou do toque.

"Por que a gente não foi beber na casa dos seus amigos?"

Ele suspirou. "Não sei. Não aguentava o ambiente. Para começar, são colegas, não amigos. E não suporto o Jacques."

"O clínico geral? Pareceu um tipo bobo alegre. Não é um intelectual, mas não parece ser tão detestável. Todo mundo fica mais fácil de tolerar depois de umas taças."

"Esses dias fiquei furioso com alguma coisa que ele disse."

Ela se virou, interessada.

"Eu falava do caso de uma hipocondríaca, e ele entrou em uma diatribe contra os hipocondríacos. Disse que quando trabalhava na cidade grande, o telefone tocava sem parar, e sempre eram pacientes com sintomas imaginários."

"E...?"

"E nada. Me pareceu muito insensível com as pessoas que tratamos na clínica. Como se ele fosse uma pessoa que só aceita que as enfermidades visíveis existam, como se doenças mentais fossem contos fantásticos."

Anna deu um tapa no travesseiro e se sentou na cama.

"Agora eu entendi por que você se irritou."

"Como assim?"

"Ah, para. Entendi tudo. Você ficou pessoalmente ofendido."

"Não, Anna..."

"Ah, não? Você não é um representante perfeito dos..."

"Eu não tenho as minhas crises hipocondríacas há anos."

"Ainda bem…"

"Então."

"E o que você respondeu?"

"Para o Jacques?"

"Sim. Ele deixou você furioso, não?"

"Nada."

Ela gargalhou e enfiou a cara entre as mãos.

"Sim, típico", ela disse. "O poderoso doutor que evita conflitos o tempo todo."

Ele se levantou e virou a cara.

"Nem comigo você consegue brigar", ela continuou. "Viu só? Uma provocação e você se levanta, me dá as costas. O que vai fazer agora? Voltar para a sala, servir um conhaque?"

"De novo isso?", ele disse, sem se virar, pois mostraria os olhos cheios d'água.

"Tá bom", ela respondeu. "Vou dar um desconto. Estou cansada e bebi demais. Vai ser bom dormir. Não precisamos falar disso. Do passado. Da palavra proibida."

"Que palavra?"

"Você sabe."

"Escuta, vamos dormir, tá?"

Anna se acomodou no travesseiro.

"Desculpe", ela disse. "Passei do ponto."

Ele foi para a sala, como ela tinha sugerido, serviu-se de uma dose de conhaque e ficou sentado na poltrona, até que tivesse certeza de que sua esposa tinha adormecido e que era seguro voltar para a cama.

4.

Um hábito desagradável que nutria desde a juventude: recriar diálogos na própria cabeça, oferecendo novas falas, novos desfechos para as conversas. Em geral, perdia-se nessas obsessões em noites de insônia. No entanto, os passeios pela floresta eram como períodos entre a vigília e o sono, e sua mente vagava por recordações recentes, como o dia em que contou a Anna do caso de L.

Ele se culpava por ter relatado a história do único paciente que implorou por um suicídio com o qual teve que lidar. Psiquiatras lutaram por anos para não serem vistos como guardas carcerários e uma história dessas parecia ruir muitas ilusões.

Que outros casos ele poderia ter narrado?

Havia, é claro, o do inglês da RAF, que sobreviveu saltando de paraquedas no oceano. O homem chegou à clínica apresentando tremores no corpo todo e sua esposa, responsável pela internação, contou aos médicos que aqueles tiques só paravam quando o homem recordava seus momentos de coragem ao derrubar Messerschmitts em alta velocidade. Na verdade, sempre que alguém o saudava como um grande herói, ele parecia restaurar a firmeza nas mãos e a perna finalmente deixava de fazer o som irritante da sola do sapato batendo ritmada contra o piso. Nicolas, acompanhado de um colega, fez o inglês entrar em estado hipnótico e recontar esses mesmos momentos de bravura. No entanto, livre das amarras sociais, ele confessava que na principal batalha aérea em que se envolveu, sentiu que a RAF não faria frente aos caças da Luftwaffe e que ejetou do assento antes mesmo de entrar na mira de um avião inimigo. Contou tudo isso de forma serena e, quando acordou, os dois psiquiatras o convenceram de que ele deveria revelar a verdade para sua família. Fora do transe, o inglês se recusou a admitir a covardia, e os médicos insistiram que ele continuaria sendo um herói — muito mais corajoso do que eles, por sinal, que não entraram em combate — e quando ele finalmente aceitou isso, telefonou para a esposa.

Nicolas enxergou a cara aliviada do inglês depois de uma hora de ligação internacional. O paciente usou a mesma metáfora que todos os que se livravam da obrigação de sustentar por anos uma mentira utilizavam: parecia ter tirado um peso imenso dos ombros. Nicolas não sabia o que vinha primeiro, a sensação de alívio ou esse lugar-comum da linguagem. A linguagem moldava nossas reações psíquicas e podia até mesmo limitá-las, pensou.

Ou ele podia ter contado a história de Maurice, o cineasta que embarcou em alto-mar para registrar de perto as emoções da guerra e que, desde que voltou para casa, jurava ter perdido a visão. Foi analisado por diversos oftalmologistas, que não encontraram nada de incomum nos seus globos oculares e cogitaram que o homem tivesse sofrido algum golpe na cabeça. Neurologistas que estudaram o caso tampouco discerniram alguma doença, e aventou-se então a possibilidade de que o problema fosse uma questão de sanidade mental, ou de falta de.

E Nicolas atuou apenas como testemunha nesse caso, cujo desfecho foi tão curioso. O paciente não encontrou a cura através da fala ou da hipnose; seu trauma foi revelado a partir de um trabalho detetivesco, no qual o psiquiatra responsável por ele localizou os rolos de filme gravados pela câmera de Maurice, descobrindo assim que nas últimas cenas que o belga registrou via-se o próprio cineasta pegando um rifle e matando um alemão. Confrontado com essa informação, o paciente, como quase todos, negou em um primeiro momento, mas acordou no dia seguinte, tarde da manhã, gritando que vivenciara um milagre: enxergava outra vez.

Qualquer uma dessas histórias teria levado Anna a sorrir, ou seja, pensou Nicolas, a não se arrepender de ter se casado com ele, de estar morando em um vilarejo isolado. Ele podia ter narrado algo que a deixaria orgulhosa. Mas, por algum motivo, escolheu contar um caso que o retrataria como um insensível.

Saiu da floresta e enxergou ao longe a estrutura branca reluzente da clínica. A temperatura de vinte graus, elevada para a manhã, e o alarido de vozes falando francês, uma delas com um sotaque que Nicolas logo reconheceu como sendo, de fato, de um morador da França, a aceleração de Paris, o uso de *quatre-vingt-dix* que os suíços, por sorte, não precisavam falar. Ele seguiu o passo, subiu a trilha de asfalto que levava à entrada e localizou a origem da voz sobre uma cadeira de rodas, um corpo sem pernas, uma mão segurando um taco de críquete.

O cadeirante notou o olhar de Nicolas e logo o chamou:

"Uma partidinha, doutor? Antes de começar a tratar os malucos?"

Nicolas se aproximou. Quem acompanhava o cadeirante era a mulher de Los Alamos, Mary.

"Vejo que você é um compatriota", disse Nicolas, forçando um sorriso, na esperança de que seu ânimo fosse contagiante, mas, na verdade, ele logo se deu conta, o francês na cadeira de rodas parecia mais entusiasmado que todos ao redor.

"A-há! Não me sinto tão só nesta terra! Me pergunto por que não mandaram o senhor cuidar de mim. Talvez porque eu esteja bem. Não posso dizer o mesmo dela. Estou há horas tentando ensinar-lhe as regras do críquete. Deve ser porque eu não falo inglês e ela não fala francês."

"Ou porque ela tem outras coisas em mente."

"As unhas estão em terrível estado mesmo. Deve doer para segurar o taco."

"Algo assim."

"Você sabe jogar críquete, doutor? Junte-se a nós."

"Não sei jogar e receio que tenha que começar a minha ronda em poucos minutos."

"Isso também é terapêutico, doutor. Você deveria conversar com seus pacientes do lado de fora."

"Admito que pensei nisso."

Nicolas cumprimentou Mary em inglês e perguntou como ela estava. Ela respondeu que ia bem, mas foi tão lacônica que o doutor suspeitou que o "bem" quisesse dizer o contrário.

"Olha só", disse o cadeirante, "você pode ser nosso intérprete. Quem sabe pinta até um romance."

Nicolas riu e continuou o caminho até a entrada da clínica.

"Ei, doutor, não quer saber como vim parar aqui? É a primeira coisa que todos os médicos me perguntam."

Ele se virou.

"Na Suíça?"

"Não. A Suíça é simpática. Bons chocolates. Eu passaria as férias aqui. Quer dizer, não na clínica. Em um chalé. Achei que você queria saber como vim parar numa cadeira de rodas."

Nicolas caminhou até o campo improvisado de críquete e analisou os tocos que pendiam sobre a parte de baixo da cadeira. Cada perna tinha sido serrada em uma altura com alguns centímetros de diferença.

"Mina terrestre?"

"Que eu plantei. E explodi uns chucrutes. Antes de explodir a mim mesmo", ele disse, rindo.

"Fico feliz que isso seja um motivo de alegria para você."

"Não é? As pessoas aqui choram por muito menos. Ui, ui, sou um herói cheio de medalhas, sou infeliz. Eu sempre conto a minha história, pois todos me abordam me tratando como um coitadinho. E esses toquinhos são o meu orgulho, entende?"

"Claro. Bom, foi um prazer conhecê-lo", disse Nicolas, e deu as costas à dupla.

"E você serviu, doutor?"

Nicolas paralisou.

"Não, eu..."

"Claro que não", ouviu a voz do cadeirante vindo detrás dele. "Nós da resistência conhecemos uns aos outros. Só não me diz, doutor, que você foi um daqueles que ficou deslumbrado quando os loirinhos chegaram."

"Como é que é?", perguntou Nicolas, virando-se, fitando o rosto estúpido de uma pessoa feliz demais, imaginando, por um instante, a dor que o homem sentiu quando teve as pernas arrancadas.

"Ah, você sabe. Chegaram aqueles homens fortes, de cabelo dourado, olhos azuis. Os franceses ficaram todos assanhados, molhadinhos. Venham, venham, aqui é a Torre Eiffel, podem ficar com ela! Podem transformá-la num quartel-general, se quiserem! Aceitam um vinhozinho? *Bitte, bitte!*"

"Até mais, nos vemos por aí."

"Não se ofenda, doutor, foi só uma piada. Alguém tem que

fazer um esforço para levantar o humor do pessoal, já que os médicos nem sempre colaboram."

"Não me ofendi, garanto que odeio os nazistas tanto quanto você."

"Esse não é um patamar muito alto, viu, doutor?"

Ele deu mais dois passos e se virou, mais uma vez, e caminhou até o cadeirante, chegando perto o bastante para apertar sua mão, ou talvez dar um soco no seu rosto cheio de dentes.

"Mudou de ideia quanto ao críquete?"

"Não, ainda não. Só me bateu a dúvida, por que você está aqui?"

"Ah… Coisa da patroa… Mas fala baixo, não conta para ela que eu tenho uma esposa em casa."

"O que tem a sua… patroa?"

"Ela não aguentava mais. Eu acordava todas as noites gritando e me mexendo, o coração disparado como se fosse ter um infarto fulminante que me liquidaria em poucos minutos. Acabava caindo no chão e precisava que ela me levantasse e me recolocasse na cama. Tentou até botar grades na lateral, você acredita? Como se fosse um berço, e eu um bebê agitado. Primeiro de madeira, e eu quebrei a grade. Confesso que estou meio gordinho. Depois, de metal."

"Interessante."

"Sim, doutor, para vocês, todas as nossas loucuras são muito interessantes. Porque não é com vocês."

"Não foi isso que eu quis dizer."

"Só estou enchendo o saco, doutor. Meu humor de manhã oscila demais. Alguns acham agressivo. Corrosivo é uma palavra mais simpática para descrever o sarcasmo. Não é por mal. Não me leve a mal, doutor."

O pescoço do cadeirante cedeu e sua cabeça despencou para baixo. Era como se ele tivesse sucumbido a uma melancolia instantânea. Nicolas ficou preocupado que o homem fosse começar a chorar.

"Imagine, sem problemas. Você tem razão, um pouco de humor cai bem."

"Claro", ele respondeu, ranzinza.

"Pelo menos você gosta da Suíça."

"A-rrã."

"E que tal está a clínica?"

"Ótima, o lugar está cheio de enfermeiras lindas!", ele disse, em uma explosão de euforia. "Umas são meio velhotas, mas meus gostos são amplos como o front soviético! E esse campo é perfeito para o críquete!"

"Falando sério, agora."

"Estou me sentindo muito melhor, doutor. Acho que logo vou pra casa. Infernizar a esposa! Ela vai reclamar que vocês não me deixaram mais tempo aqui!"

"Que bom, fico feliz."

"É sério, doutor, estou ótimo."

"Eu acredito. Vou indo nessa."

Estendeu a mão, cumprimentaram-se. A mulher de Los Alamos tinha se sentado na grama, sabe-se lá desde quando estava naquela posição, encarando o céu.

As pessoas de fato melhoram?, pensou Nicolas. O cadeirante jurava que receberia alta em breve, mas parecia demonstrar sintomas de psicose maníaco-depressiva.

"Você tem dormido melhor?", perguntou Nicolas, quase na porta da clínica.

"Sim! Como um bebê. Quer dizer, não um bebê agitado que precisa de um berço. Mas você entendeu, doutor. Melhor, só com companhia feminina! Não quer mesmo me ensinar umas frases em inglês?"

Nicolas sorriu e se virou. Talvez haja médicos mais competentes do que eu, pensou, ou talvez seja o ar da Suíça, mas as pessoas melhoram, ele pensou. Talvez essa história, a minha história aqui, seja uma história de recuperação, foi o pensamento que o pegou desprevenido. Mas eu não estou doente, respondeu a si mesmo, não mais, nem se compara. Nada se compara. Eu estou ótimo. E talvez eu e Anna recuperemos nosso casamento, pensou, e ela aprenda a gostar da vida aqui, e eu mesmo pare de fingir e passe a gostar de verdade de tudo isso. Talvez eu já goste, ele pensou, enquanto uma brisa convidativa soprou ao seu redor. Sim.

Nicolas seguiu seu caminho para dentro do Centro e pôde sentir que o homem do críquete o observava, e pensou ter escutado um pequeno riso, como o de uma pessoa que pensa em uma piada ainda mais criativa quando a hora de fazê-la já se perdeu.

5.

Anna tomou um trem regional para Apples, que se movia vagarosamente, e cujas paredes marrons do vagão descascavam do teto ao chão. De Apples, tomou outro trem para Morges. De Morges, um trem maior, mais rápido, com um banheiro em cada vagão, para Genebra. Chegar em Genebra, para ela, era como chegar à civilização depois de anos acampando no deserto, tendo como única companhia as miragens.

Na entrevista de emprego para a Conseil Européen pour la Recherche Nucléaire, a habilidade que demonstrava com diferentes línguas foi elogiada, em especial para o italiano. Precisou escrever um texto claro e acessível em francês e em alemão, tendo como base uma reportagem científica escrita em um inglês rígido de quem nunca leu um romance na vida. Enquanto redigia o texto, dois entrevistadores a observavam em silêncio. Ela entregou duas folhas a eles. Botaram os óculos e analisaram por muitos minutos o texto, cada um com uma caneta balançando entre os dedos.

"De fato, senhora", disse um deles em francês, "seu talento para línguas é admirável, tanto na fala como na escrita."

"Eu e meu marido temos isso em comum."

"Ah, é? E o que seu marido faz? Tradutor?"

"Psiquiatra. No novo Centro de M_____."

"Muito interessante. E vocês pensam em ter filhos?"

Anna disse que não. Não quis explicar, também, que não podia ter filhos, nem se esse fosse seu maior desejo. Os entrevistadores ficaram aliviados com a resposta.

Fez um teste de conhecimentos gerais. Depois, um de conhecimentos científicos. Foi aprovada para um estágio probatório. Assistiria a aulas de ciência para não cientistas, explicando os últimos desdobramentos dos estudos em física de partículas. Depois disso, redigiria alguns artigos de teste. Caso se saísse bem, seria contratada em regime definitivo. Na saída da entrevista, passou na biblioteca onde tinha cadastro e alugou todos os livros que podia a respeito de física moderna. Escolheu-os pelas capas, muitas com representações de uma bola afundando em um plano quadriculado.

Enquanto aguardava o trem na estação, encontrou por acaso, em uma banca conhecida por trazer uma coleção de revistas importadas a preços muito acima do valor real, uma *Reader's Digest* com uma entrevista com Paul Dirac realizada na ocasião de sua ida a Estocolmo para receber o prêmio Nobel. Ali na banca, folheou a revista até localizar a entrevista, e começou a ler, indecisa se valeria a pena pagar tão caro pela edição.

DIRAC: Meu trabalho não tem a menor utilidade prática.

JORNALISTA: Mas poderia vir a ter?

DIRAC: Isso eu não sei. Acho que não. De toda forma, tenho trabalhado na minha teoria há oito anos e agora comecei a desenvolver outra, que lida com elétrons de carga positiva. Não me interesso por literatura, não vou ao teatro, não escuto música. Eu me ocupo apenas com teorias atômicas.

Comprou a revista.

De volta ao vilarejo, tornou a se deparar com o nome de Dirac em um livro didático. Ela insistiu, mas a teoria parecia incompreensível sem um conhecimento avançadíssimo de matemática. Retornou à matéria da *Reader's Digest* e leu que Dirac disse que não fazia sentido explicar as novas descobertas na área da física de partículas em desenhos. Somente a linguagem da matemática poderia oferecer um vislumbre do que acontecia dentro dos átomos. Tentar representar graficamente aquilo que Dirac compreendia com tanta clareza na sua mente era perda de tempo. "Seria", dizia Dirac, "como tentar agarrar um floco de neve. Um instante e ele desaparece."

O marido apareceu na soleira da porta, viu-a deitada sobre a cama, cercada de livros abertos. Ela sabia o que ele estava pensando.

"Entendendo tudo?"

"Sim, muito interessante", ela respondeu.

"Que inveja. Eu nunca entendi sequer Einstein. Tempo é espaço. Essas coisas."

"Einstein é fácil", ela disse, sem arrogância. "Tem coisa muito pior."

"Ah é?", ele disse, se sentando na borda da cama. "Tipo o quê?"

Ela fechou o livro. Não queria falar de Dirac ainda.

"Bom, tem esse suíço…"

"Você se interessando por algo feito na Suíça? Uau. Essa me pegou de surpresa."

"Não me interrompe. Enfim, Franz Zwicky. Astrônomo."

"Ele descobriu como mandar um homem à Lua?"

"Que delírio. Não, só tenho lido cientistas teóricos. Já avisei que ninguém lá quer construir uma bomba."

"Enfim, o que o tal Zwicky fez?"

"Observando uma galáxia distante, mas muito distante, com o telescópio, ele concluiu que ela estava se movendo mais rápido do que deveria."

"Como assim, se movendo?"

"Bom, o universo não está parado, né?"

Ele não disse nada.

"Você achava que o universo era estático?"

"Podemos deixar de lado por um tempo a minha ignorância em ciências duras?"

Ela prosseguiu.

"Certo, então, a quantidade de massa visível pelo telescópio não era capaz de explicar a velocidade das órbitas. Como eu disse, as estrelas estavam andando mais rápido do que as fórmulas matemáticas eram capazes de prever."

"Tá, mas o que isso significa?"

"Que talvez existam coisas que não enxergamos, uma espécie de *dunkle materie*."

"Matéria escura."

"Isso, espalhada pelo universo, atraindo os astros com a força da gravidade. Mas é escura não no sentido de ser preta, ou alguma coisa assim. Ela não é visível por olhos humanos, nem captada pelos nossos melhores instrumentos de medição. Mas ela está lá. Composta sabe-se lá de quê. Nem os cientistas de vanguarda são capazes de entender, nem os telescópios mais avançados são capazes de enxergar, e não estou falando da radiação de madame Curie, mas de algo invisível que muda em um nível macroscópico o universo."

"Caramba."

"Maluco, não é?"

"É como Deus."

"Por favor, não vamos entrar aí."

"Uma força invisível, por trás dos panos, puxando as cordas dos títeres…"

"Não dos humanos. Estrelas, planetas…"

"Você leu o Gênesis. O mundo era sem forma e vazio, até haver a separação da luz e da sombra…"

Ela fechou o livro mais grosso com uma batida que fez com que ele desse um pequeno solavanco na cama.

"Você não acredita em Deus, por que está me enchendo o saco com isso?"

"Não estou enchendo o saco. Estou curioso mesmo. Tentando pensar em alguma metáfora que explique."

"É o que a psicanálise faz, não? Busca metáforas e fala de coisas como 'o inconsciente' para explicar por que pessoas se comportam como idiotas."

"Sim e não, mas…"

"Quando a ciência não encontra explicação para alguma coisa, ela revê todos os próprios paradigmas. Não inventa uma teoria que nunca pode ser comprovada", ela disse, com uma raiva fingida.

"Ah, como qual?"

"Achar que todos os meninos sentem raiva do pai porque ele faz sexo com a mãe."

"Por que as mulheres sempre implicam com Freud? Há vários e vários estudos de caso…"

"Feitos por um homem só, que por acaso escreve muito

bem. Freud ganhou o Nobel de literatura? Merecia. É muito mais acessível que toda essa turma que estou tentando ler."

"Bom, não podemos colocar os pacientes em um laboratório para analisar o cérebro com um microscópio."

"Talvez um dia dê para se fazer isso."

"Não sei se isso seria bom. O que a ciência pode fazer para explicar como nos sentimos, como nos relacionamos uns com os outros...?"

"Vocês dão choques na cabeça das pessoas."

"Alto lá. A clínica dá. E funciona. Comprovadamente."

"E ninguém sabe direito *como* funciona."

Ele se levantou.

"Aonde você quer chegar com essa conversa, Anna?"

Ela imitou o gesto dele.

"Na verdade, não sei", e caminhou para fora do quarto. "Só queria que você não desprezasse coisas que não entende apenas por não entender", ela disse, e a raiva não pareceu mais fingida, mas emanando de algum ressentimento que habitava as profundezas.

"Quem está fazendo isso é você!", ele disse, esganiçado, ainda no mesmo lugar. Ele escutou o barulho do chuveiro, e quando ela saiu do banho, não tocaram mais no assunto.

No sábado, Nicolas ainda se sentia desconfortável pela discussão, então sugeriu a Anna que visitassem a pequena cidade vizinha que, apesar de diminuta, ainda era maior que o vilarejo onde estavam.

Pegaram duas bicicletas emprestadas no Centro e desbravaram a paisagem suíça, pedalando por vinte minutos ao lado dos trilhos de trem. A cidade, conhecida pela produção de queijo, tinha cerca de quinze ruas estreitas, mais uma praça com uma fonte muito ativa, com mães levando filhos nos carrinhos e olhando as vitrines das poucas lojas de roupa que dividiam espaço com restaurantes que pareciam todos especializados em *raclette*.

"Você não queria movimento?", ele perguntou.

"Só pode ser brincadeira."

"Não é nenhuma Paris, mas..."

"Lembra Dijon."

"Sinal de que vamos beber um bom vinho."

Ela olhou a vitrine de uma loja de sapatos.

"Parece que só vendem roupas para senhorinhas que desistiram da vida."

"Mente aberta, Anna."

"É um lugar simpático, admito, mas parece que o público é todo maior de sessenta."

Uma mulher de cabelos completamente brancos passou por eles com uma bengala, e Anna fez um gesto com a cabeça, como se aquilo provasse seu argumento. Os dois se sentaram em um café, um garçom apareceu para atendê-los e pediram duas taças de vinho do Porto.

"Vocês não são daqui, são?", perguntou, produzindo um som de pigarro antes e depois da pergunta.

"Daqui? Não. Viemos do vilarejo", ele apontou para baixo, para a trilha que cortava o morro.

"Certo. Não servimos vinho do Porto aqui."

"Vocês têm Bordeaux?"

O homem desapareceu dentro do café e voltou com duas taças com marcas de calcário no vidro e uma garrafa igualmente suja cheia de vinho.

"Vocês não trabalham por acaso naquele hospício?"

"Eu trabalho", respondeu Nicolas. "Mas, sabe, não é um hospício."

"Não é um lugar para loucos?"

"É um lugar para tratar pessoas que passam por...", Anna começou e parou, ao notar que o garçom a ignorava tanto que chegou a dar as costas para ela.

"Quer saber?", disse o funcionário, "achei uma grande estupidez trazerem esse monte de lunáticos perigosos para cá. Aqui é uma das regiões mais tranquilas do país. Do continente."

"Eles não são perigosos", disse Nicolas.

"Ah! Como não?"

"Não atendemos casos severos. Não há pacientes violentos. Talvez tratem alguns deles nos sanatórios que ficam no alto das montanhas", ele disse, pensando em um romance de Thomas Mann que tentara ler, mas achara chatíssimo.

O garçom desapareceu mais uma vez para dentro do café. Dessa vez, retornou com a conta anotada em uma tira de papel em cima de uma pequena bandeja redonda de latão.

"Todo europeu é violento", disse o garçom. "Se já são lunáticos, então é um passo além para saírem matando pessoas."

"Por que você diz isso?", perguntou Anna. Nicolas fez gestos para ela não dar conversa para aquele homem.

Agora o garçom se virou para encará-la.

"Você diria que a alma do povo alemão é violenta? Ninguém diria. Até um dia eles decidirem esmagar os poloneses como se fossem formigas roubando o apfelstrudel. Você não precisa de desculpa para a violência. A loucura dá a desculpa."

"Os pacientes do Centro não são violentos", repetiu Nicolas.

"Todos são violentos", insistiu o garçom, e sumiu para dentro do café, de onde não saiu mais, até o casal terminar o vinho e depositar as moedas sobre a bandeja.

"Cidade muito agradável", comentou Anna, ao se levantarem para olhar o cardápio de outro restaurante no lado oposto da praça. Uma garçonete os saudou de forma simpática e convidativa e decidiram dar uma segunda chance. Sentaram-se e pediram uma tábua de frios.

Ele estava há pouco tempo lá e nunca iria admitir a Anna, mas amava a Suíça. Seu amor girava em torno do simples ato de sair de uma casa escura, cheirando a madeira úmida, e caminhar por aquele terreno cuja luz do sol refletia no pico das montanhas e iluminava a grama verde com uma claridade envolvente.

Para quem viveu o período da guerra, perturbado por todas as incertezas do que poderia acontecer no caso de uma vitória do Eixo, a ideia de caminhar pelo campo, ouvindo o silêncio barulhento dos insetos nas árvores e nenhuma voz humana, era embriagante. Não à toa construíram ali o Centro. As disposições nervosas se acalmavam com passeios sem rumo, com o contemplar das montanhas do outro lado do lago, acima das luzes de Lausanne. Muito de vez em quando, um avião sobrevoava os alpes, à distância, deixando um rastro de fumaça, como uma nuvem desenhada no céu.

E, no entanto, pensou Nicolas, quando estamos despidos de qualquer ansiedade, a melancolia se revela. Havia uma ligação entre ansiedade e melancolia? A psiquiatria costuma associar as atitudes nervosas com a neurose, a histeria e a esquizofrenia, mas não com a melancolia, tão letárgica e sombria. No entanto, pensou Nicolas, é como se a ansiedade fosse uma espécie de camada de nuvens que ocultasse um vale profundo.

Nicolas não acordava mais com o coração agitado, não corria mais para ligar o rádio querendo descobrir onde a Wehrmacht estava e se havia planos de modificar a ocupação francesa. Na Suíça, ele passeava pelo bosque em uma solidão completa. E, em alguns momentos de quietude e isolamento, sentia um desejo de se deitar no chão, sobre a relva fresca, e inspirar o máximo que pudesse. Ele não o fazia, não podia chegar no Centro ou em casa com o sobretudo coberto de folhas. Mas imaginava a cena com tanta nitidez que era como se tivesse deitado.

E assim a solidão se amplificava, e a floresta se distanciava tanto da cidade a oeste, como do Centro a leste, e não havia mais ser humano algum em um raio de centenas de quilômetros, talvez milhares, e ele estava só, absolutamente só no universo, na natureza, e podia compreender como ele era irrelevante, como toda a vida e o drama humano eram irrelevantes diante da indiferença da natureza, e a melancolia que experimentava podia causar um verdadeiro mal-estar físico, de modo que ele acelerava o passo em direção ao Centro, pensando que talvez agora compreendesse melhor a melancolia, mas que isso no fundo de nada adiantava, pois ainda não sabia como tratá-la.

6.

TRECHOS DO DIÁRIO DE ANNA

16/10/52

O mundo tem quatro bilhões e meio de anos, aproximadamente, e ao usar a expressão "o mundo" quero dizer a Terra, embora chamar a Terra de mundo seja ingenuidade, ou apenas antropocentrismo. Até mesmo o Sistema Solar do qual a Terra faz parte é ínfimo. Olhamos o Sol de manhã e ficamos maravilhados com sua potência, seu brilho que nos alcança e nos alimenta; olhamos o céu noturno e vemos Marte reluzindo ao longe, em uma distância que parece tão inacessível. Tudo isso faz parte de um dos bilhões de sistemas solares na Via Láctea, que nós chamamos de Sistema Solar, com S maiúsculo, apenas porque a Terra faz parte dele, mas é só um entre muitos outros, cada um com sua fonte de luz e calor, seus sóis muito mais poderosos que o nosso, cada um com seus planetas anônimos e inóspitos.

E a Via Láctea, pensando em perspectiva, é só um espirro no universo. O universo, por sua vez, tem mais de treze bilhões de anos, e não para de se expandir, de dar forma a novas galáxias e sistemas solares dentro delas. Uma hora vai parar. Porém, até lá, galáxias colidirão, planetas surgirão, sóis morrerão, estrelas irão se transformar em buracos negros. Olhar o céu estrelado pode ser impressionante, mas não vemos muito mais do que quem tenta entender o mundo inteiro acompanhando a paisagem de uma janela de trem que viaja no meio da noite. É tudo tão parcial.

18/10/52

O céu é o passado. Fui levada ao cantão de Neuchâtel para um observatório astronômico. Eu não sabia o que esperar. Finalmente entendi o conceito de que a luz de estrelas distantes demora anos para chegar até nós e que olhar o céu é olhar o passado, embora isso seja algo leve demais para o que de fato significa colocar o olho no telescópio. Nunca sabemos quantos astros não foram assimilados, quantos sóis não se apagaram. Olhar o céu é olhar um cemitério.

19/10/52

Dias difíceis. O estudo intenso me dá ânimo e força de vontade. Quando não estou cercada de livros, bebo demais.

Reclamei que meu marido não era afetado pelos seus pacientes, como se isso fosse falta de empatia, quando sei que se trata de um mecanismo de defesa. Ele veste esse casaco impermeável antes das consultas.

Mas tenho observado com atenção a maneira como ele age

ao chegar em casa e sinto que houve uma mudança. Há algo no seu olhar... Acho que ele está padecendo de melancolia, embora ele nunca vá admitir tal coisa. Pode ser que agora esteja se afetando, como eu cobrei, ou pode ser algo muito diferente, uma coisa pessoal.

É estranho esse interdito ao passado. À palavra proibida.

Parece que nem mesmo aqui, no espaço inviolável do diário, posso falar disso.

Meu olho fica longe do visor do telescópio; mesmo se eu tentar enxergar os astros, cuja luz demora a chegar até a Terra e representam um universo que não existe mais, que não podemos alterar, pois a seta do tempo anda apenas em uma direção, mesmo se eu desobedecer à Lei e cravar o olho no telescópio, vou descobrir que o vidro está fosco, que a imagem carece de nitidez.

21/10/52

Ouvi na discussão entre os cientistas que estão me orientando que a frase "Deus não joga dados com o universo" foi tirada de contexto, e Einstein não é um cristão — nem mesmo um judeu praticante! E o quanto isso deixa a imprensa desesperada.

Einstein ainda está vivo, mas ele é o último dos cientistas *estrelas*. Feynman é um piadista charmoso que gosta de curtir a festa de "Carnaval" no Brasil, mas nenhum leigo jamais entenderá suas equações.

Prova disso? Eu mesma estou sofrendo com elas.

22/10/52

Marido melancólico. Agora não me restam dúvidas.

Ele não compreende, ou melhor, não quer compreender o

momento pelo qual estou passando. E parece pouco a pouco se isolar na sua própria amargura. Acho que se enxerga como um cientista inábil, ou pelo menos foi o que consegui extrair das nossas conversas. Perguntei a ele sobre o paciente L., e ele comentou que não houve o menor progresso no seu tratamento.

Quando eu o conheci, ele acreditava na profissão, agora reclama que não está ajudando seus pacientes, que a melancolia tem parecido mais difícil de tratar do que outras psicoses. Eu me pergunto se ao dizer isso ele não quer insinuar que ele mesmo está passando por alguma coisa parecida.

É um contraste comparar o humor dele com o dos cientistas em Genebra, cheios de planos grandiosos para o futuro — um mundo onde a informação circulará livremente, pelo bem comum, pelo avanço da ciência. Um mundo onde a ciência nuclear nunca mais produzirá uma bomba.

O entusiasmo em Genebra me contagia, mas quando volto para casa e encontro o rosto tristonho de Nicolas me esperando, a excitação desaparece. Só quando me fecho outra vez com meus livros, abro uma equação misteriosa e a encaro como um objeto de pura beleza cujos mecanismos ainda vou decifrar, é que tudo volta a fazer sentido.

23/10/52

Levei essa questão aos cientistas e desencadeei, por acidente, uma discussão sem fim. A equação precisa ser bonita para fazer sentido? Einstein com $E = mc^2$ contra a de Dirac:

$$(i\rlap{/}\partial - m)\,\psi = 0$$

Nenhum cientista conseguiu chegar a uma resposta. "A mecânica quântica é terrivelmente feia e não temos palavras ou números para descrever esse universo", me confidenciou um.

Eu, que não preciso ter uma opinião a respeito do assunto, mudo de ideia três vezes por dia. Seja como for, ainda não entendo essa porcaria de equação.

24/10/52

Aparentemente, um dos cientistas mais importantes aqui da Suíça, Wolfgang Pauli, que compreende as piores equações e discorda de tantos outros físicos, é paciente do lendário dr. Jung. Por essa eu não esperava. Quem me revelou a informação pediu sigilo.

O dr. Pauli não quer, de modo algum, ser confundido com um dos pacientes aqui do Centro. Parece que Pauli tira algumas ideias das conversas que tem com o analista. Por algum motivo, eu pensava que todos os cientistas com quem converso em Genebra desprezassem a psicanálise e, até certa medida, a psiquiatria.

E se — hipótese ousada — esses cientistas não tiverem tantas certezas? E se estiverem confusos como crianças diante do mundo adulto tentando calcular os acontecimentos desse universo em miniatura?

Todo cientista de ponta no campo da física teórica trabalha com a possibilidade de que seus esforços podem ser em vão. Que a evidência empírica vai desmentir tudo. Que, no fundo, as partículas elementares seguem leis da natureza óbvias, e a cabeça deles é que complicou demais a questão.

25/10/52

Chegou uma carta de uma amiga da França. Pela data, vejo que ela despachou a carta há mais de um mês. Nem os carteiros sabem onde nos encontrar. Ela fala de vernissages em Paris. Estou há tanto tempo entre as vacas que nem saberia que roupa vestir para um evento desse. É uma boa amiga. A vida se encarregou de nos separar.

26/10/52

Avisei que ia dormir em Genebra. O motivo compensou. Acabo de voltar da estreia do novo filme de Akira Kurosawa, *Ikiru*, que assisti com legendas em francês. Um dos filmes mais tristes que já vi. Um funcionário público de vida pacata e monótona descobre um câncer terminal. Como aproveitar o que resta de tempo sobre o mundo? A primeira coisa que ele faz é ficar bêbado. Eu faria o mesmo. Ainda em dúvida se gosto do final. A moral de que é preciso fazer o bem coletivo para a vida fazer sentido. Tinha a ilusão de que os japoneses eram menos moralistas do que nós, mas talvez isso seja um preconceito, e não uma ilusão.

O que gostei, sem dúvida: o rosto do ator. Não lembro o nome. Nunca o vi antes. É bom assistir a um filme sem Cary Grant ou James Stewart, ou seja, com um anônimo no papel de um anônimo, não uma celebridade linda no papel de um anônimo. O ator é feio. Tem um bigode ralo e ridículo. A boca desproporcional lembra a de um palhaço. Mas seus olhos parecem estar sempre cheios de lágrimas, mesmo quando sorri. É um excelente ator.

7.

Nicolas se preparava para deixar a clínica, as luzes do saguão tinham sido apagadas, quase não se ouviam gritos de pacientes, exceto sussurros, os medicamentos ansiolíticos já tinham sido distribuídos, restava a luz branca e débil do seu consultório, onde ele revia anotações, quando de repente escutou uma batida na porta e reconheceu a mulher de Los Alamos parada ali, com seus dedos enfaixados com uma gaze que já deixava entrever um sangramento que não havia sido estancado por completo.

"Mary", ele disse.

"Desculpe interromper, doutor."

"De modo algum, mas as enfermeiras já não puseram todos os pacientes para dormir?"

"Sim, mas eu conversei com aquela enfermeira, muito simpática, a…"

"Adèle."

"Isso, essa."

"Não sabia que ela falava inglês."

"Não muito bem, doutor."

"Ah. Mas pelo menos vocês se entenderam."

"Sim, eu pedi esse favor e ela me deixou. É porque falta pouco para dormir e eu estou com medo."

Nicolas fez sinal para que ela entrasse, pois continuava parada na soleira, e se sentasse diante dele. Ela o fez, cruzando os braços sobre a saia plissada preta ao se sentar de forma recatada. Alguma enfermeira a havia auxiliado com o cabelo, que parecia congelado em um bloco de laquê que não desmontaria nem em contato com o travesseiro. Nicolas contemplou aquela figura estranha, de cabelo perfeito e mãos flageladas.

"Medo dos seus sonhos recorrentes com a bomba?", ele perguntou.

"Essa é a questão, doutor. O sonho mudou."

Nicolas folheou a sua caderneta para uma página em branco e começou a anotar.

"Eu tenho sonhado com gente morta", ela disse.

"Com as vítimas de Hiroshima?"

"Não. Aí que tá. Por isso que eu achei estranho. Por isso eu pedi para ver o senhor."

Ele coçou o queixo. Ela esperou mais uma pergunta que não veio, então continuou.

"Eu sonhei com a minha mãe."

"Interessante. E como foi esse sonho? Foi um pesadelo?"

"Não, ela estava muito calma, doutor. Eu a abracei, chorando, e ela me tranquilizou como quando eu era pequena, com as mesmas canções de ninar, as mesmas frases de apoio. Ela disse para eu não me sentir culpada, que eu não sabia de nada, que eu sabia que no fundo eu era pura, sempre fui pura e bem-intencionada."

"Parece um sonho bastante agradável. E por que isso deixou você com medo?"

"Não, não foi", disse Mary, fungando. "Minha mãe me disse que a gente ia se rever em breve."

"Todos nós morremos, não é mesmo?"

"Sim, doutor, mas…"

Ele olhou para ela, que estava com olhos cheios d'água. Ela subiu o rosto, encarou a luz fraca do consultório, tentando impedir que as lágrimas escorressem pelo rosto. Nicolas pegou um lenço do bolso do paletó e ofereceu. Ela recusou.

"Você ainda está com medo do purgatório?", ele perguntou.

"Não, nada disso. Não sou maluca. Quer dizer, sou maluca. Mas não sou maluca de achar que minha mãe ia me enganar pra que eu fosse para o purgatório. Algo assim. Não, não."

"Certo. Então, o que foi?"

"Foi esse *breve* dela. Como se eu não fosse viver muito tempo. E a certeza com que ela falou isso. Sabe?"

"Hum. Mas você passou pelo exame médico, a sua saúde física está ótima."

"Você acha mesmo, doutor? Eu me olho no espelho e me vejo tão pálida, tão… morta."

"Mesmo com esse cabelo?"

"Ah? Isso?" Ela riu, envergonhada. "Foi a enfermeira simpática que insistiu. Ela disse que eu ia me sentir melhor. Falou pra eu cuidar das minhas unhas, pra ela poder pintar com esmalte. Muito simpática, mas meio tonta, como se eu fosse uma perua. Como se pintar as unhas fosse resolver alguma coisa."

Ela cobriu o sorriso com a mão, como se de repente sentisse vergonha daquela cordilheira de lascas.

"Você deve ter notado como os meus dentes são horríveis."

"Não", mentiu Nicolas, "nunca."

A expressão alegre dela se desmontou e ela começou a chorar.

"E no fundo, nada importa, nem meus cabelos, nem meus dentes, em breve vou estar morta de vez."

"Tudo indica que você vai ter uma vida longa e proveitosa", falou Nicolas, usando a sua voz condescendente de médico.

"Eu tenho palpitações frequentes. Sem nada que desencadeie uma reação nervosa, nenhum motivo aparente. Quando vejo, meu coração está a mil, a garganta começa a fechar."

"Sim, sintomas muito típicos da histeria nervosa... Se você soubesse a quantidade de pacientes saudáveis que me dizem a mesma coisa."

"Tem certeza de que não é o meu coração?"

"O seu coração foi avaliado por nosso clínico, Jacques, especialista em cardiologia, e ele garante que está tudo bem."

"E eu também tenho um formigamento..."

"Mary, desculpe interromper, mas você precisa compreender que os... como posso dizer... a sua condição mental provoca sintomas que muitas vezes são confundidos com um ataque cardíaco ou o início de um derrame. Mas você está bem. Eu garanto. O dr. Jacques garante. Você terá uma vida longa e proveitosa. Vou repetir isso quantas vezes forem necessárias. Até você acreditar."

"Talvez...", ela suspirou e olhou para a janela. A luz esbranquiçada de um poste do lado de fora entrava pelo vidro e alumiava seu rosto, como se ela estivesse ao lado de um aparelho de televisão. "Mas eu também me pergunto se não seria bom acabar com isso. Me reencontrar logo com a minha mãe." Ela voltou a encarar Nicolas. "O senhor acredita em Deus?"

A pergunta pegou Nicolas desprevenido.

"Eu... E-eu... Nós já falamos disso, lembra? Foi uma das primeiras coisas que você me perguntou. E, no final, o que interessa é no que você acredita."

"Cientistas, médicos, são todos iguais. Acham que eles mesmos são Deus."

"Não é isso."

"Mas nem no paraíso você acredita?"

Ele parou um pouco, apalpou os bolsos tentando encontrar a cigarreira. Tirou-a, prateada e reluzente, impressionando Mary quando a deixou sobre a mesa e lhe ofereceu um cigarro. Ela recusou. Ele pegou um e acendeu.

"Não acredito, na verdade. Mas isso não importa", disse Nicolas.

"Então quer dizer que, do jeito que você vê as coisas, quando a pessoa morre, acabou?"

"Algo assim."

"Os outros internados daqui devem ser como o senhor. Perderam amigos, irmãos na guerra, e não sabem mais o que fazer da vida, já que acham que nunca mais vão se reencontrar com eles."

"Ou são como você, acreditam que existe vida após a morte e que lá vão encontrar todos os alemães, japoneses e italianos que mataram... Já pensou nisso?"

"Já entendi o que o senhor quer fazer, doutor."

"Só acho que deveríamos voltar a falar de você, não de mim."

"Eu não sei muito bem como seria o inferno. Às vezes acho que sei como é Satã."

"Ah, é? E como?"

"Alguém bom de lábia. Como os cientistas que conheci em Los Alamos. Especialmente o mais simpático de todos. Com uma conversa sobre a beleza das leis da física... o potencial do átomo..."

"Voltamos para Los Alamos."

"Sempre, doutor. Sempre."

Ela suspirou. Parecia aliviada.

"Você está mais tranquila."

"Por algum motivo, sim. Não sei o que eu queria aqui nessa consulta. Acho que hoje, na verdade, eu só precisava de umas palavras tranquilizadoras. Ouvir que não vou morrer tão cedo."

"E você queria que eu dissesse que o céu existe?"

"Talvez. O senhor é uma autoridade, de alguma maneira. Não em teologia, é claro. Eu já caí no papo de um cientista de jaleco branco. Posso muito bem acreditar em um doutor. É ridículo, não? Todas as pessoas parecem querer acreditar em alguma autoridade. Basta que use um uniforme."

"Eu estou usando trajes normais."

"Mas está do outro lado da mesa. Tem cara de quem estudou. Eu ia adorar se você dissesse que sim, que o céu existe, e que minha mãe me aguarda lá."

E, de repente, as lágrimas brotaram outra vez nos olhos castanhos dela e pingaram, em silêncio, sobre o blusão branco. Ela usou as gazes nos dedos para secar o rosto.

"O que foi agora, Mary?"

"Eu estou feliz. Eu vou reencontrar minha mãe. Eu estou triste pelo senhor, doutor. Estou triste por todo mundo que morre e acaba. Por eles. Eu espero que os japoneses mortos por causa da minha bomba, que eles... Que eles tenham reencarnado. Sei lá no que eles acreditam. Em reencarnação o senhor acredita, doutor?"

"Mary, mais uma vez, estamos aqui para falar de você."

Ela se inclinou sobre a mesa, mergulhando a cara na fumaça de cigarro que pairava no ar.

"O senhor já perdeu alguém importante?"

Nicolas tirou o cigarro da boca.

"... Já."

"Eu sinto muito, doutor. Sinto muito mesmo."

Ela começou a soluçar. Os dedos enfaixados dificultavam a limpeza do próprio rosto. Do nariz, escorria um muco esverdeado que se unia às lágrimas.

"A sua mãe está viva, doutor?"

"A gente está aqui para falar de você."

"Está viva ou não?", ela perguntou, ameaçadora, a voz se tornando aguda e elétrica.

"Ela... sim. O meu pai, não."

"E você fala com sua mãe? Você cuida bem dela?"

Nicolas ficou paralisado, a ponta do cigarro entre os dedos. Com um golpe de pés, Mary jogou a cadeira para trás, levantou-se e saiu apressada do consultório, cobrindo o rosto com os braços. Nicolas persistiu ali, ouvindo o ruído do choro ir diminuindo conforme ela se afastava pelo corredor, até sumir por completo. Ele guardou a caderneta, fechou a maleta, apagou a luz, tornou a acendê-la, puxou a caderneta de novo e anotou: SONHOS DESCRITOS SÃO EXCESSIVAMENTE LITERAIS — POSSIBILIDADE DE QUE ELA ESTEJA INVENTANDO ESSES SONHOS POIS É A MANEIRA DE EXPRESSAR ALGO QUE NÃO CONSEGUE DE FORMA MAIS DIRETA — INVESTIGAR, então guardou a caneta e a caderneta, apagou a luz e foi para casa.

O vento soprava e as vacas se moviam de um lado para outro, hesitantes. Encaravam-no com olhos mortos, círculos tão pretos que davam um ar ameaçador a pacíficas vaquinhas leiteiras. Nicolas fizera o caminho pela estrada de terra que conduzia à cidade, evitando a trilha na floresta. A escuridão era como uma bruma que caía da montanha, a lua minguante parecia apagada, e apenas as luzes da cidade, a um quilômetro de distância, serviam de bússola.

Mais uma vez teve a sensação de visitar uma cidade fantasma. Até o Le Papillon estava sem uma lâmpada acesa do lado de fora que convidasse algum passante a entrar. Ele se deu conta de que não sabia se era segunda, terça ou mesmo sábado. Talvez fosse segunda-feira. Era um vilarejo tão pequeno que nenhum estabelecimento, nem a farmácia, nem o mercadinho sem nome, que ostentava apenas uma placa escrita *épicerie*, abria antes de quarta-feira. Seja como for, era tarde. As pessoas dormiam. Por um momento, Nicolas imaginou seus pacientes no Centro, alguns insones, com o olhar maníaco, esperando o sedativo fazer efeito, outros dormindo sonos intranquilos, revivendo seus traumas, outros, ainda, em um sono profundo e sem sonho, o sono da melancolia severa, o sono que se estenderia por toda a manhã, que os deixaria letárgicos, sem forças para sair da cama, sem desejo de ver outro rosto humano, sem desejo, muito pelo contrário, de ver o próprio rosto, e Nicolas imaginou um paciente seu se levantando de manhã, arrastando-se até o banheiro, encarando a própria imagem no espelho e sentindo ódio.

A porta estava trancada, o que Nicolas sempre considerou um exagero. Que ladrões vagariam pelo cantão de Vaud? Porém, lembrou-se de que foi ele que instaurou esse hábito na vida da esposa, o de sempre trancar a porta, estivessem em uma casa isolada ou em um apartamento de um grande prédio na Rive Gauche. Enfiou a chave na fechadura, abriu a porta, acendeu a luz e se deparou com um grande silêncio. Entrou no quarto e viu um feixe branco de luz na fresta da porta do banheiro. Jogou a chave e a maleta em cima da cama e foi tomado por um cansaço que quase o levou a se atirar sobre a colcha branca.

Nicolas não se considerava uma pessoa exatamente bisbilhoteira; esse adjetivo nunca surgiria em sua mente talhada por anos de estudo. Era uma pessoa dotada de curiosidade, sim, como todos que ingressaram na carreira científica, tinha uma mentalidade investigativa, e o seu campo de investigação calhava de ser justo a mente humana. Foi essa sua linha de raciocínio ao escutar a mulher mexendo as pernas na água quente da banheira, e ver sobre a cabeceira da cama, convidativo, o seu diário.

Ele era um profissional, claro, e a abertura em uma página

aleatória seria como uma breve consulta à mente da esposa, um acesso a pensamentos que ela, sem dúvida, contaria a um psicanalista, caso frequentasse um. Aproximou-se do livro, aguçando os ouvidos para qualquer ruído de uma pessoa saindo de uma banheira. A esposa perguntou de lá se ele tinha voltado mais cedo e se tinha trazido a manteiga que ela pedira, e Nicolas acariciou a capa de couro bege por um instante antes de abrir o diário. A primeira palavra que viu foi "melancólico", e então seguiu para a esquerda e descobriu que o adjetivo se encaixava em ninguém menos do que ele. A surpresa o fez apertar a brochura. Enxergou palavras soltas sem fixar o olho em nenhuma frase, e o sentido foi se formando em sua mente.

Deixou a capa de couro bege cair outra vez sobre as páginas, fechando o diário. De súbito, uma sensação de vergonha por ter violado a privacidade de sua esposa corou suas bochechas. Ele pegou a mala e a chave e voltou para a sala. Largou-as sobre a mesa e sentiu vontade de sair para a rua, mas o que fazer naquela terra árida, naquele lugar propício a fantasmas, onde teria como companhia apenas a fumaça que subia das chaminés das outras casas?

Buscou o cachimbo que deixava guardado na escrivaninha na sala e, ao pegá-lo, notou que suas mãos tremiam. Todo sentimento de melancolia é narcísico, ele pensou, e repetiu a frase que construíra agora com auxílio dos fragmentos de ideias de sua esposa. Tinha confidenciado a ela que sentia que seus pacientes não progrediam na luta contra suas doenças, foi esse o seu erro, e por isso a esposa escreveu aqueles disparates. Os pacientes do Centro não eram como os de seu consultório particular, quando começou a oferecer seus serviços clínicos, ou como os que de fato foi capaz de ajudar no sanatório francês em Vichy, internados antes da guerra.

Alguns pacientes tinham se descolado tanto da realidade

concreta que sequer sabiam que a França tinha sido invadida, e talvez isso lhes desse uma vantagem em termos de sanidade mental. Todos no Centro conheciam a experiência da guerra, de uma maneira ou de outra, todos tinham visto na televisão ou no jornal as bombas caindo sobre o Japão, e ouvido ou lido a respeito dos campos de extermínio em Cracóvia. Alguns viveram sob um regime fascista e continuaram sua vida, comprando pão na padaria enquanto os vizinhos judeus eram humilhados em público, enfiados em vagões de trem como gado; não, pensou Nicolas, aqui na Suíça até as vacas têm uma vida de regalias e liberdade, e então se lembrou dele mesmo, em Vichy, chegando ao seu apartamento e vendo a porta aberta da casa dos vizinhos, todos os móveis no chão, papéis por toda parte, uma casa devassada, joias e objetos valiosos roubados, nem sinal dos antigos moradores, levados sabe-se lá para onde; ou talvez tivessem escapado, pensou com ingenuidade.

O que você faz diante de uma cena dessas? O que Nicolas fez? Ele lentamente recolheu os objetos caídos e passou a organizá-los de volta nas estantes. Com uma vassoura, recolheu os cacos de vidro, empurrou os móveis e restaurou uma espécie de normalidade. Para quem ele fez aquilo? Para Anna? Não era mais fácil fechar a porta dos vizinhos? E os vizinhos, afinal, se voltassem, entenderiam aquela cena?

Então Nicolas entrou no seu próprio apartamento, suado, abriu a torneira para encher de água a banheira, e, enquanto isso, ligou o rádio, e quando as válvulas aqueceram, ainda antes de seu banho ficar pronto, pôde ouvir de forma quase cristalina a voz do marechal Pétain, a voz tranquila daquele que tinha sido um herói no passado — ainda se referiam a ele como "o leão de Verdun" — e agora era apenas esse fantoche ridículo, que insistia que a vida na França era normal. Claro, o slogan deixara de ser "Liberdade, igualdade, fraternidade", agora se falava em "Trabalho, família e nação", mas o espírito francês permanecia inabalável, não? A voz de Pétain, do leão rouco.

Depois do banho, Nicolas jantaria com Anna, deitaria sobre o travesseiro, esperaria o sono chegar e, no dia seguinte, voltaria a atender pacientes no seu consultório em Vichy. No caminho até lá, passaria por soldados franceses que serviam a sabe-se lá qual mestre.

E então se depararia com seus pacientes. E o que fazer? Sorrir e emular a voz calma de Pétain? Será que seus pacientes se sentiam livres para escancarar as janelas de suas almas deitadas no divã, ou suspeitavam que ele fosse um delator, um colaboracionista? Afinal, eles estavam em toda a parte, da floricultura à estação de trem. Por que não em consultórios médicos? Qual paciente revelaria suas angústias sem filtro algum? Quem exporia os pequenos traumas da vida cotidiana de um país de mentira?

Toda a literatura psiquiátrica que o formou versava sobre o tratamento de pacientes *shell-shocked* da Primeira Grande Guerra, homens que foram para o front cheios de esperança e voltaram destroçados, gaguejando, escutando na mente o estouro do morteiro, andando com as costas contra a parede como se percorressem uma trincheira imaginária. Casos tão diferentes dos que vira em Vichy e, depois, na Suíça. Não à toa se sentia tão incapaz de ser um bom profissional.

Nicolas lembrou-se do caso de Thomas, ainda em 1941, um homem que, a princípio, encaixava-se no caso de um *shell-shocked* por excelência. Era um paciente à moda antiga, o que dava certa segurança a Nicolas, a ideia de que aquilo era conhecido, a doença estava devidamente tipificada, uma avaliação de poucos minutos bastava, a maneira como o pobre Thomas gaguejava e tremia descontroladamente. Havia um trauma localizável, a psicanálise e talvez, se necessário, a hipnose, poderiam ajudar. O rapaz voltaria para casa, um dia, como um homem normal, quem sabe com alguns pesadelos grotescos no meio da madrugada, mas um ser humano funcional, acima de tudo.

Thomas tinha sido retirado da guerra ainda cedo; era de família suíça, mas morava na Bélgica quando a Alemanha invadiu o país. Na primeira escaramuça, todo o seu batalhão foi dizimado e ele foi deixado como morto entre os corpos. Acordou em meio a esse cemitério inesperado, com uma bala no peito, poucos centímetros acima do coração. Fazendeiros a alguns quilômetros de distância o salvaram e o esconderam até conseguirem que Thomas fosse enviado para a Suíça, de volta para a sua família.

Nicolas tinha acabado de estabelecer um consultório psiquiátrico em Vichy, exercia a profissão havia pouco tempo, mas já começava a estreitar laços com psiquiatras suíços por correspondência, o que facilitou depois seu traslado para a nova clínica no vilarejo.

Um colega o convidou para uma visita a Genebra, e foi lá que conheceu Thomas. E, de fato, Nicolas ajudou Thomas, forçou-o a reviver seu trauma, a dispô-lo à vista de tudo e todos. O sofrimento do sobrevivente, a culpa, tudo isso veio à tona em choros nervosos. O rapaz voltou para a casa dos pais, seu lar suíço, arranjou um emprego como carteiro e tentou se manter o mais distante possível de qualquer combate. Nicolas retornou para Vichy. Anos depois, soube que Thomas tirara a própria vida, enforcamento, em 1944.

Aparentemente, a irmã de Thomas, que morava havia anos na Espanha, estava envolvida com um revolucionário e o casal precisou fugir da perseguição franquista. O objetivo era chegar à Suíça através da França. No entanto, a irmã foi capturada em um trem na fronteira da Espanha com a França, no lindo balneário de Portbou, diante do mediterrâneo. Não se sabe o que aconteceu com ela, qualquer registro desapareceu, mas levando em conta que ela, assim como Thomas, tinha sangue judaico por parte de avôs paternos, é possível deduzir. Thomas passou um ano em uma busca desesperada pela irmã, até encontrar o namorado revolucionário, que sobreviveu. Ele não contribuiu com nenhuma informação além de que a irmã de Thomas tinha sido capturada por uma patrulha da ss. E Thomas ainda viveu alguns anos antes de amarrar uma corda ao redor do próprio pescoço. Nicolas tinha tratado seu *shell-shock* de Primeira Guerra, mas não pôde prever a devastação mental que Thomas sentiria depois de retornar à vida em sociedade.

Nenhum livro trazia alertas sobre isso, pois ninguém estava preparado para a vida sob o fascismo, para a violência cotidiana, para aguardar, atrás, na fila da padaria, o homem apressado com a jaqueta de couro preta, o quepe com a águia de asas abertas, receber sua baguete das mãos do padeiro sorridente.

Nicolas deu uma baforada no cachimbo e, quando a fumaça se dissipou, voltou a contemplar sua casa no vilarejo suíço. Então sugou o cachimbo outra vez e pensou em Thomas, no seu novo emprego como carteiro, entregando correspondências para simpatizantes nazistas ou até mesmo nazistas sem uniforme. O que diriam aquelas cartas? Que informações ele traficava, sem conhecimento ou consentimento? A Suíça, naquela época, era uma terra confusa, infestada de espiões, de informação sendo vendida, de monstros andando pela rua disfarçados de seres humanos. E Thomas persistia no trabalho. Ele dividia balcões de bar, ônibus, filas de banco e calçadas com pessoas que apoiavam, em segredo ou à vista de todos, o regime responsável pela morte da irmã. Pessoas que sorriam para Thomas ao agradecer pela entrega da correspondência, mas que em pensamentos fantasiavam com uma Europa livre de judeus, ciganos, homossexuais e outros desviantes e impuros.

No banheiro, o ralo escoava a água e o silêncio era tão pleno que Nicolas podia escutar a esposa se secando com a toalha.

Tentou afastar aquelas imagens da cabeça, junto com as palavras do diário da esposa. A dúvida sobre a própria saúde mental, porém, já tinha impregnado sua mente, como uma bactéria resistente que gruda ao corpo hospedeiro.

Sim, às vezes, caminhando pela floresta, ao cair da noite, sentia vontade de se deitar no chão e olhar as estrelas. Sim, era verdade. Tinha horas que sentia a mesma melancolia que seus piores pacientes descreviam, uma tristeza do tamanho do universo, que se expandia pelo espaço, que não reconhecia fronteiras, uma tristeza cósmica. Mas eram apenas instantes. Isso é uma pessoa sã, pensou, capaz de vivenciar a tristeza por um momento e deixá-la de lado logo depois.

Nicolas se perguntava: mas e se eu não for capaz de julgar a mim próprio, pois não tenho o distanciamento necessário, enquanto ela, minha esposa, tem e está correta em seu diagnóstico? E se o doutor tivesse virado paciente? E se ele estivesse vivenciando um caso inicial de melancolia profunda e, imerso na própria dor, não fosse mais capaz de entender e tratar a dor dos outros? Não, besteira, disse, mexendo os lábios sem produzir som.

E se lembrou do colega da clínica, Ezra. Na primeira semana que estava lá, uma enfermeira bateu na porta do consultório de Nicolas e perguntou se ele falava hebraico. O doutor olhou para ela, confuso, e ela apenas jogou as mãos para o alto e disse: "Esquece, aposto que o Ezra fala". Nicolas estava apenas revendo suas anotações, então decidiu sair do consultório e ver do que se tratava.

A enfermeira contou que um paciente, quando hipnotizado, repetia sempre uma frase em hebraico aos prantos, e o médico responsável não fazia ideia do seu significado. Era a terceira vez. Nicolas a acompanhou até o consultório de Ezra, e de lá os três seguiram até uma sala onde viram um homem alto, de chapéu, com baba escorrendo pelo pescoço, ainda dizendo a mesma frase: "Sh'ma, Israel, Adonai Eloheinu, Adonai Echad".

Ezra gritou para que tirassem o homem da hipnose e o confortassem. Que depois explicaria.

Nicolas acompanhou o caso apenas de maneira indireta. O paciente, um sobrevivente de Dachau chamado Theodor, foi admitido na clínica por causa de um pavor terrível do escuro cuja origem ninguém descobria. Ezra, que assumiu o paciente depois desse episódio, foi perspicaz e logo encaixou as peças: a oração que Theodor repetia em transe, a mais central da prática do judaísmo, é dita cobrindo os olhos, ou seja, no escuro. Ela pode ser traduzida da seguinte forma: "Escute, comunidade, o Eterno é nosso Deus, o Eterno é Um".

Nicolas perguntou se aquele homem tinha desenvolvido um medo do escuro porque foram as suas crenças que o levaram a um campo de concentração, mas Ezra explicou que era algo mais complexo ainda. O Sh'ma, mais do que uma declaração de monoteísmo, afirmava que tudo é Um, que tudo no universo é parte de Deus, e aquele homem não conseguia aceitar que as pessoas que mataram sua família e que quase exterminaram seu povo também tivessem sido criadas à imagem do mesmo Deus.

Nicolas perguntou se Ezra conseguiu curá-lo. "Não. Nem sempre encontrar a origem do trauma resolve tudo. A ferida continua aberta." Alguns dias depois, Ezra pediu uma semana de licença, pois não estava se sentindo bem.

Os médicos também podem virar pacientes. Mas, Nicolas pensou, isso não era o caso dele. Ele estava bem, sim, na verdade, ótimo.

Inquieto, caminhou até a estante com os poucos livros que ele e a esposa haviam trazido da França para a Suíça, pegou em mãos seu velho companheiro, o antigo e antiquado A anatomia da melancolia, abriu uma página aleatória e leu alguma incoerência sobre bile negra. Sempre foi tranquilizante para ele voltar a um passado longínquo, intangível, a tratados psiquiátricos que sobreviveram da Antiguidade à Idade Média, propondo curas a partir de heléboro ou mandrágora, de viagens de ópio a exercício físico, de vinhos de aroma suave a sanguessugas grudadas à testa. Ele se perguntou se os tratamentos que praticavam no Centro algum dia também não virariam peças históricas datadas, se os cientistas do futuro não olhariam os tomos da obra completa de Freud e gargalhariam.

Como Robert Burton escrevia bem, *A anatomia da melancolia* logo o cativou; era cômico, hiperbólico, excessivo. Parecia-se, em certo sentido, com uma enciclopédia que tentava abarcar o mundo, descrevendo exaustivamente todos os objetos que a consciência percebia. Está claro, desde o começo, que o projeto é impossível. O enciclopedista persiste na missão, apesar de tudo.

Uma ansiedade antiga

De todas as motivações conscientes e inconscientes para desejar o suicídio que Nicolas viria a estudar em diversos livros de psiquiatria e até de sociologia, ele nunca se deparou com o caso de uma pessoa que quer acabar com a própria vida pois a lenta espera pela morte se mostra agonizante, instilando uma ansiedade capaz de paralisar um jovem até então visto como mentalmente são.

No terceiro ano do curso da faculdade de medicina em Paris, Nicolas seguia indeciso em relação a qual assunto se especializar. Como definir uma parte do corpo que seria mais essencial que as outras? Claro, a cardiologia estava em voga, metade da sua turma sabia que não lhe faltariam pacientes, aqueles franceses cuja dieta é composta de carnes embutidas e cigarros. Além disso, boa parte dos que escolhiam estudar o coração, pulsante e entupido, acabava virando clínicos gerais ou médicos de família. Alguns colegas homens, que Nicolas julgava asquerosos, por sua vez, tinham decidido pela ginecologia, e Nicolas pensava que nunca deixaria uma mulher conhecida frequentar o consultório daqueles colegas. Uns poucos, por fim, preferiam os órgãos mais monótonos, como rins, fígado, tireoide, e o que dizer dos futuros ortopedistas, sempre os alunos entusiastas de esportes, que acompanhavam as partidas de futebol na quadra da universidade, na expectativa de ver algum jogador rolando no chão.

O órgão mais enigmático, todos os professores diziam, é o cérebro e sempre será o cérebro, embora um colega de Nicolas insistisse que o sistema imunológico, sim, era incompreensível.

E Nicolas ostentava uma curiosidade difusa; ao contrário da maioria dos companheiros, interessava-se também por literatura e artes, e era visto com um romance em mãos na sala de aula, antes da chegada do professor. Também foi de livro em mãos que conheceu Anna, na fila do Cinéma du Panthéon para assistir a *O homem invisível*, que ela iria resenhar para um jornal.

Nicolas e Anna passaram a se encontrar três noites por semana, sempre começando a beber em algum café de esquina e terminando debaixo dos lençóis, de onde ela saía e voltava para casa na madrugada.

E foi nesse período, em uma das manhãs pós-Anna, que Nicolas se sentiu um pouco febril. Então tirou sua temperatura e concluiu que, de fato, apresentava 37,8 graus. Primeiro pensou que era um resfriado, o que explicava a prostração que acompanhara a febrícula, e se recuperou em dois dias. Porém, logo percebeu que era uma tendência recorrente — um cansaço, uma temperatura entre 37,5 e 38,0 e, quando media sua pressão na faculdade de medicina, estava alguns dígitos acima do ideal.

Ele foi se consultar com um médico do próprio hospital universitário, e o senhor, um homem às vésperas da aposentadoria, tratou-o com certo desprezo, alegando que uma pessoa da idade de Nicolas não devia frequentar consultórios médicos, pois dava para ver que ele se encontrava em um estado excelente de saúde. Quando Nicolas insistiu que sua pressão estava alta, o médico a mediu e observou que, de fato, não era uma maravilha, e sugeriu que Nicolas moderasse no sal. Ainda tentou mencionar a febre baixa recorrente, mas a essa altura o médico já tinha se levantado e enxotava Nicolas do consultório, pois outras três pessoas aguardavam na sala de espera.

Depois de uma aula de reumatologia, quando a sala tinha se esvaziado, Nicolas perguntou ao professor sobre variedades de doenças autoimunes, um termo novo, de poucas décadas, que ainda se encontrava imerso em uma névoa de declarações equivocadas e debates controversos em artigos. O professor listou diversas enfermidades, algumas que não constavam nos livros da biblioteca, e a enxurrada de termos encontrou ouvidos surdos, pois Nicolas só pensava em quando poderia interromper aquele homem, o mais jovem do corpo docente, e falar: "esses são os meus sintomas". Mas o que conseguiu foi balbuciar alguma coisa sobre sua febre leve, e o professor, com gentileza, perguntou se Nicolas tinha ido a um médico, e recebeu como resposta um "sim, e descobri que a faculdade de medicina deve ser muito fácil, pois até uma toupeira é capaz de se formar".

O professor convidou Nicolas para um café, e na cantina da universidade Nicolas teve algo próximo a uma consulta médica, onde anotou no seu caderno uma lista de doenças que poderiam estar vitimando-o e que o professor mencionava como quem relata seus filmes favoritos. Por fim, o professor puxou um bloco do bolso e fez uma solicitação de exames — sangue, urina, fezes, o básico. Nicolas pagou o café e agradeceu ao professor como se ele fosse o messias reencarnado. Mas, enquanto os dois recolhiam seus casacos do cabideiro, Nicolas perguntou: "Essas doenças têm cura, certo?", e o professor sorriu, dizendo apenas: "Faça os exames e depois conversamos".

Naquela noite, encontrou-se com Anna, e descreveu toda a cena em detalhes, voltando sempre para o sorriso misterioso do professor, àquela frase, e Anna, com o pragmatismo de uma cientista que ainda não conhecia sua paixão pelas exatas, tentou tranquilizá-lo, afirmando que a frase dizia apenas o que estava na superfície: de nada adiantava discutir possíveis tratamentos para possíveis doenças se ainda não conheciam qual era o verdadeiro estado de saúde de Nicolas, pois talvez ele nem sequer estivesse doente. Nicolas, acendendo um cigarro antes do anterior terminar, ficou quase furioso com essa interpretação literal.

"Ele não quer me preocupar, só isso."

"Bom, então ele fez um péssimo trabalho", Anna disse, "pois você está nervoso como eu nunca o vi."

Naquela noite, não se encontraram sob os lençóis, e Anna voltou para casa sozinha, ainda cedo. Nicolas enfrentou uma madrugada insone, na qual as horas pareciam se multiplicar, infinitas, enquanto revia em sua mente o maldito sorriso do professor.

Na manhã seguinte, postou-se diante de um laboratório de diagnósticos, urinou em um pote, teve seu sangue tirado e carregou para casa um vasilhame onde depois defecaria.

Foram nove dias de alcoolismo, noites intermináveis se revirando sozinho no colchão, e conferindo a própria temperatura a cada hora. Uma madrugada, vomitou o que julgou ser sangue puro, e quase rumou a um hospital, mas, em vez disso, bateu na porta do vizinho, acordando um senhor de touca na cabeça, pediu para que ele entrasse em seu apartamento e olhasse o vômito na privada. O vizinho apenas espiou pela porta de Nicolas, onde viu algumas garrafas pela metade, e perguntou se ele tinha bebido vermute. Tendo a confirmação, o vizinho educadamente bateu a porta na cara de Nicolas.

Nesse período, ele se esquivou de encontrar Anna, que lhe telefonava diariamente, dizendo que precisavam conversar com urgência.

Quando chegaram os resultados, Nicolas cogitou não abrir o envelope e apenas conduzi-lo até o professor de reumatologia, mas sua curiosidade acabou com esse plano poucos minutos depois de ele chegar em casa. Colocou uma tabela de referência de valores perto do laudo dos exames e, metódico, conferiu três vezes que todos os resultados se encontravam dentro do que os médicos consideram a "normalidade".

Sua primeira reação, pode-se imaginar, foi de alívio, mas um alívio que durou dois cigarros. Inspecionando melhor a fileira de números, notou que duas cifras estavam próximas ao limite superior tido como referência. Buscou um livro na estante e começou a pesquisar as enfermidades ligadas a um nível de leucócitos elevado no sangue, mas sua visão ficara borrada, as letras escorriam pela página, e Nicolas conseguia fisgar apenas alguns nomes técnicos aqui e ali.

Tomou o trem até a universidade, onde perseguiu o professor de reumatologia por todos os departamentos, cantinas, refeitórios e até mesmo o banheiro público. Quem via Nicolas percorrendo apressado os corredores pensava que era um homem que tinha perdido seu filho pequeno pelo campus.

Na secretaria, informaram que o professor de reumatologia não viera, mas foram gentis o bastante para ceder o número de telefone do seu prédio. Quando conseguiu ligar para ele, em uma chamada cheia de estalidos, feito um disco de 78 rotações empoeirado, Nicolas começou a recitar os valores dos resultados de seus exames clínicos, até que o professor perdeu a paciência e disse que se falariam no dia seguinte. O desespero na voz de Nicolas ao ouvir tal sugestão deve ter levado o professor a mudar de ideia, pois ele lhe passou seu endereço residencial.

Nicolas bateu o telefone no gancho e atravessou em transe metade de Paris, pressionando com força o envelope nas mãos, até estar diante do professor, encharcado de suor, e entregar as folhas amassadas.

Na soleira da porta, o professor não convidou Nicolas a entrar. Seus olhos leram diagonalmente os resultados. Então, ele disse a Nicolas: "parece estar tudo bem".

"Parece?"

"Sim. Acredito que você é um jovem saudável, Nicolas. Nada com que se preocupar."

O professor devolveu os papéis a Nicolas antes que ele soubesse a reação mais adequada àquilo. Talvez tenha dito um adeus, que Nicolas não respondeu, e bateu a porta.

Sozinho no corredor escuro do prédio, Nicolas caminhou até as escadarias, ganhou a rua e vagou, em uma versão narcótica do transe que vivenciara na corrida até o prédio do professor, por um bairro pouco conhecido. Só se deu conta de que estava perto de sua casa quando ouviu alguém gritar seu nome. Anna.

"O que houve?", ela disse, arrancando os papéis da mão dele, e temendo o pior, a julgar pela expressão abatida do namorado.

"Eu não sei."

"Como assim? O que mostram os exames?"

"Nada."

"Então você não está doente?"

Nicolas não tinha uma resposta adequada.

"Eu precisava falar com você. Está tudo bem? Você não me atende. O que foi que aconteceu?"

Por um momento, ele notou como devia parecer ensandecido, com a roupa grudada de suor contra a pele, o cabelo revirado. Sacou um pente do bolso e tentou ajeitar o topete, como se isso fosse resolver a situação.

"O que você precisava falar comigo?", ele respondeu, tentando se controlar, tanto que sua voz soou seca e gélida.

"Deixa, a gente conversa outra hora."

"Não, pode falar. Eu estou bem."

Ela o conduziu até a mesa do café onde estava sentada. E ele de fato devia parecer, para Anna, que tinha se recuperado, pois logo depois de pedir uma água e um cinzeiro limpo, ela contou que sua menstruação tinha atrasado e que achava que estava grávida.

Nicolas cobriu o rosto, e ela tentou adivinhar se, por trás daqueles dedos, ele chorava.

"Você me ouviu?", ela perguntou.

Sim, ele a ouvira. Teriam um filho, ou filha, ele podia ver o bebê crescendo na barriga dela, nas ilustrações dos livros de anatomia, nas aulas obrigatórias sobre ginecologia, mas não enxergava a criança no seu colo, não enxergava seu filho aprendendo a caminhar com os bracinhos para o alto, segurando as mãos do pai, pois ele, Nicolas, estava morrendo, disso não havia dúvidas, só restavam poucos meses de vida, tempo insuficiente para acompanhar uma gravidez a termo, para ter tido uma vida plena e digna, ele era tão jovem, isso era uma grande injustiça.

"Você está chorando?", ela perguntou.

"Não, estou ótimo. É uma notícia maravilhosa", ele disse, limpando as lágrimas.

Dias depois, Anna acordou com a calcinha tingida de vermelho, e correu para encontrar Nicolas, que ela não via desde aquela tarde traumática, e contar que os dois não seriam pais, não naquele momento e, talvez, confessar que, para ela, isso representava um alívio, havia tanto o que viver antes de se dedicar a cuidar de um bebê, e ela esperava que Nicolas concordasse.

Ele, com a palidez de um cadáver, respondeu que sim, talvez fosse melhor, pois não viveria o bastante para cuidar da criança. Anna apertou sua mão e disse que ele estava louco, louco de pedra, realmente doido, e Nicolas respondeu que sabia disso, que não tinha dúvidas, e Anna perguntou por que ele achava que morreria logo se os resultados dos exames eram ótimos, e ele respondeu que não sabia, que não fazia a menor ideia, que a única certeza que tinha era de que morreria em breve, de que às vezes, muitas vezes, na verdade, pensava em se matar para ter algum controle sobre a situação, em vez de ficar naquela espera agônica até que a Doença o dominasse, destruísse seu fígado, seu baço, seus rins, seu coração, e no final nada importava pois ele iria morrer sozinho, pois todos estavam sós nesse momento final, e Anna apertou a mão dele e disse, não seja idiota, em primeiro lugar, você não vai morrer e, em segundo lugar, eu estou aqui com você, e apertou com ainda mais força a mão dele.

Ele sabia, racional e logicamente, que não estava doente, à beira do abismo, que seu problema era mental, mas isso não mudava nada, pois a dor era palpável, sua taquicardia se mostrava constante como a de um cardiopata. O sintoma é real, ele pensou na época, e gostaria de ter dito isso tantos anos depois a Jacques, quando discutiram a hipocondria. O sintoma é real e isso não pode ser descartado. Escute meu coração acelerado.

Essa loucura, na falta de palavra melhor, tomou Nicolas tão de surpresa quanto uma apendicite que provoca uma dor debilitante no meio da noite, mas ele também sabia que não havia nenhum antibiótico para essa doença, nenhuma cirurgia possível, que se internar em um hospital psiquiátrico o levaria a sofrer tratamentos brutais, e talvez ficasse como os pacientes que vira em uma visita guiada, homens cujos ossos das costelas eram visíveis se revirando na cama, espumando em convulsões, pouco antes de mergulharem no coma de insulina.

Como qualquer outro órgão, o cérebro também possuía substâncias que iam de um lugar a outro, hormônios, neurotransmissores; sabia-se quais partes do cérebro eram responsáveis pelos movimentos do corpo, por exemplo, mas não havia como fazer uma autópsia da mente, Nicolas pensou. Como curar alguém, então? Como se curar?

Sem contar para Anna ou qualquer amigo, Nicolas marcou uma primeira reunião com um psiquiatra que atendia em uma clínica privada. Descobriu, nos primeiros minutos, que não teria dinheiro para pagar as consultas, mas o médico pediu para que dissesse quais eram seus problemas, e Nicolas abriu a boca e só a fechou depois de uma hora e meia de um discurso desesperado, com pausas para gritos abafados e pranto. O médico, dr. Sternstein, achou o caso de Nicolas curioso e, talvez pelo julgamento de Hipócrates, aceitou tratá-lo por um valor simbólico. Em poucos meses, foi possível retomar alguma normalidade na vida — em relação aos estudos (embora tenha reprovado na disciplina de reumatologia) e àquela história de amor que não merecia uma interrupção brusca e estúpida.

E, como paciente, logo Nicolas quis compartilhar a generosidade do dr. Sternstein com o resto das pessoas que agonizavam em silêncio pelas ruas parisienses e decidiu se especializar em psiquiatria, no último ano da faculdade. Em meio ao mundo colapsando, aos avanços fascistas de norte a sul, Nicolas pensou que poderia ajudar alguém apenas se sentando em uma poltrona e se dispondo a ouvir. Eram dias de esperança, apesar de tudo. E pensar que, anos depois, já consagrado como psiquiatra, ele se consideraria e seria considerado um inábil.

Desde que lera o diário da esposa, essas memórias pareciam atacá-lo de quinze em quinze minutos, e ele sofria com a dor de saber que ela também o julgava incapaz de tratar alguém, provavelmente porque ele já tivera um colapso nervoso e agora corria risco de estar virando melancólico.

Algum dia, naquele passado longínquo dos tempos de faculdade, ele fora diagnosticado como pertencente à raça dos hipocondríacos, aquela gente triste que se apalpa diante do espelho achando que qualquer caroço é um câncer, que um quase resfriado é uma pneumonia, e se perguntou se existiria algo como uma hipocondria para a doença mental, o medo paranoico de estar enlouquecendo, a pessoa que ao se olhar no espelho não enxerga uma enfermidade terminal, mas procura medir a tristeza do próprio rosto, para descobrir a partir de que momento ela se torna oficialmente melancólica.

8.

A secretária da recepção correu atrás do doutor e avisou que naquela manhã teriam uma reunião com o diretor, às onze em ponto, e Nicolas lembrou das piadas que o diretor contava, que ele era um suíço do lado alemão, então onze horas significava onze horas, enquanto os suíços franceses, esses selvagens, atrasavam até três minutos! Nicolas apressou o passo e entrou no consultório, dizendo à enfermeira para chamar o primeiro paciente que, conferiu na prancheta, era L. Estranhou — em geral, L. era alguém que ele visitava em sua ronda pela enfermaria, quando conferia seu mutismo e a falta de vitalidade naqueles olhos, fazia alguma pergunta simples, como "tudo bem?" e esperava ou o silêncio ou um grunhido de resposta. Mas não, L. viria até seu consultório.

L., na verdade, chamava-se agora Lee, mas em algum momento antes da guerra, seu nome era Ludwig, um presente que sua mãe deu na hora do parto. Na maternidade, tocava uma gravação cheia de estalos da "Ode à alegria", de Ludwig van Beethoven. Sua mãe, mulher de pouca instrução, perguntou quem tinha composto aquela música tão linda, e avisou à parteira que aquele deveria ser o nome de seu filho. Depois os Estados Unidos se juntaram à guerra e o jovem Ludwig notou que seu nome poderia trazer mal-entendidos e pediu para mudar para Lee, um nome que soava, ao menos, mais americano. Pareceu ao doutor uma escolha sábia e ao mesmo tempo inútil; ninguém acharia que aquele homem de feições que apontavam para um típico americano de zona rural, com seus dois metros de altura, cabelos e olhos negros, era um defensor da pureza ariana. Toda essa informação constava na ficha do paciente anexa à prancheta, que Nicolas reviu enquanto puxava a cadeira para se sentar. Lembrou-se de que a "Ode à alegria", por um daqueles infortúnios do acaso, era a música favorita de Hitler e tinha sido muito usada pela Alemanha nazista em eventos oficiais.

Colocou a maleta sobre a mesa, abriu a caderneta e, quando olhou para cima de novo, viu o corpanzil de L., ou Ludwig, ou Lee, na soleira. Nicolas se levantou, um pouco assustado, e o paciente caminhou na sua direção e se sentou na cadeira. Uma mesa os separava. Nicolas voltou a se sentar.

"Então, Lee, vejo que você está progredindo. Você quis vir até aqui, ao meu consultório, para conversar. Como andam as coisas?"

Lee encarava Nicolas, sem mexer os lábios. Seu corpo mal cabia na cadeira estreita. De repente, lágrimas começaram a escorrer pelas suas bochechas e ele não fez gesto algum indicando que pretendia limpá-las. Por um tempo que pareceu infinito ao doutor, Lee não fez nada além de chorar na sua frente. Então, com uma docilidade inesperada, o homem se levantou da cadeira e foi embora.

Nicolas ficou sentado e a enfermeira se materializou na porta. Ela deve ter achado a sua expressão perplexa demais, pois ofereceu trazer um copo d'água, que Nicolas aceitou depois de alguns segundos de hesitação.

O que ele gostaria que eu fizesse?, pensou Nicolas. E um pensamento absurdo veio à sua cabeça: será que ele gostaria que eu o abraçasse?

O copo d'água chegou e ele informou à enfermeira que podia trazer o próximo paciente.

A conversa com Mary foi longa e Nicolas só chegou à sala do diretor às onze e cinco, descobrindo, assim que abriu a porta, que só esperavam por ele para começar a reunião. Ninguém fez nenhum gesto para cumprimentá-lo. Ele se sentou em meio à fumaça de charutos e cachimbos. O diretor já se encontrava de pé, e após conferir o relógio de bolso, começou:

"Bom, senhores, convidei-os aqui para discutirmos duas questões. Antes, um anúncio. Um jovem pesquisador de Genebra, dr. Starobinski, está compilando a história da melancolia e seus tratamentos. Ele visitará o Centro em breve. Comportem-se e sejam hospitaleiros. Ele não está aqui para atrapalhar."

A notícia não pareceu provocar reação alguma.

Ele seguiu: "Sobre o que temos que discutir. A primeira questão é mais uma formalidade, uma declaração de valores. O Centro é novo e poucos sabem quais serviços oferecemos e qual é nossa postura e nosso alinhamento. Queremos enfatizar a prevalência da psicanálise, da cura pela fala, em detrimento de outras técnicas mais invasivas, e também queremos deixar claro — e isso talvez seja o mais importante, o motivo pelo qual vale a pena fazer a essa altura uma declaração de valores — que, apesar de suíços, não temos a menor relação com a linha de terapia defendida por Jung".

Uma tosse nervosa foi ouvida na lateral, mas Nicolas não soube identificar o autor.

O diretor prosseguiu: "Jung lecionou muitos anos na Alemanha durante o Terceiro Reich, inclusive para um tal Göring, não o Hermann Göring, mas um parente dele, e expressou, sempre que pôde, em palestras públicas ou discursos em cervejarias, sua visão antissemita do mundo e até mesmo da psicanálise".

"Essa será a abordagem da carta, da declaração, o que for, senhor?", perguntou Renaud, sentado imediatamente ao lado de Nicolas.

"Não, isso é o que eu estou falando em privado para vocês. As opiniões do dr. Jung a respeito dos judeus são algo que todos sabemos, mas que ninguém quer dizer com todas as palavras, de fato."

"A velha neutralidade suíça", brincou Renaud.

"Nós vamos reforçar nossa tradição freudiana, bastante judaica, Renaud, mas na declaração constará apenas o nosso compromisso com a ciência e nossa rejeição ao misticismo kitsch do dr. Jung."

"Com essas palavras, diretor?"

"Claro, vamos revelar ao mundo que livros não explodem com o poder da mente, para a frustração de tantos seguidores!", disse o diretor, entrando na brincadeira, abrindo o primeiro sorriso do dia. "Não, apenas declararemos uma afiliação à tradição freudiana. Jung é mencionado de modo sutil, indireto. Embora talvez seja mais sutil ainda nem sequer mencioná-lo, deixar apenas nas entrelinhas. Mas aí a declaração perde força na sua postura. Alguém tem alguma pergunta?"

Ninguém se mexeu, nem Renaud voltou a interromper.

"Então vou distribuir uma cópia do rascunho da declaração de princípios a cada um de vocês, para que leiam com calma em casa e tragam qualquer sugestão de mudança."

"Foi só por isso a reunião?", perguntou Renaud.

"Não, na verdade, isso foi a parte fácil. A não ser que haja fãs de Jung escondidos na sala…"

Nicolas esperou ouvir alguma tosse ou pigarro, mas não escutou nada e pensou que talvez tenha interpretado de forma errônea aquele outro ruído.

"A segunda questão é mais… complicada. E também diz respeito ao antissemitismo."

Nicolas olhou ao redor; imaginou que o diretor fosse acusar algum dos psiquiatras, ou até mesmo o clínico Jacques, de demonstrar preconceito.

"A guerra acabou faz anos, embora pareça que foi ontem", ele continuou, algo solene, "e nos deixou não apenas soldados traumatizados, como também civis, que muitos de vocês vêm tratando."

Os médicos não tiravam os olhos do diretor.

"Todos nós sabemos que o nazifascismo não foi o trabalho de um homem só. Não foi Hitler, não foi Mussolini. Não foi Göring, Himmler. Não foi de um ideólogo, não foi Rosenberg, não foi Evola. Não foi Goebbels, nem aquela mulher, a cineasta, qual o nome dela?"

"Leni Riefenstahl", disse alguém cuja voz Nicolas não localizou.

"Isso. Talentosa. Uma pena. Enfim, todas essas pessoas foram alçadas ao poder com imenso apoio popular, e com simpatizantes fora das fronteiras de seus países."

"Você está sugerindo que todos os alemães e austríacos são uns filhos da puta?", perguntou Jacques. "Pois com isso eu concordo."

O diretor dessa vez não riu, enquanto Jacques ficou com um sorriso estúpido congelado na face.

"Estou dizendo que um povo inteiro precisa lidar com uma

culpa estarrecedora. Que eles viram os campos de extermínio e sabem, agora, que apoiaram isso. Sabem a extensão do seu equívoco. Estão andando por cidades que não passam de detritos, tentando sobreviver, em uma economia incerta, em um país dividido, pilhado."

"Diretor, com todo o respeito", falou Jacques, com um tom grave que era incomum a ele, "o senhor quer que tenhamos pena de nazistas?"

As árvores carregadas de folhas de diferentes tons de vermelho e verde farfalhavam do lado de fora do Centro. Às vezes, um dos galhos batia contra a janela estreita que ficava logo acima da escrivaninha do diretor.

"Não se trata disso", disse o diretor, fazendo gestos de cruzar as mãos no ar, na altura da mesa, que Nicolas interpretou como *apaziguamento*. "Há muitos centros psiquiátricos na Europa, inclusive na Suíça. Há sanatórios, há lugares infernais. O que torna o nosso diferente? O fato de não apenas tratarmos militares traumatizados, mas também civis, e oferecermos uma terapêutica humana. Humanista, se quiserem. Esse é o nosso diferencial."

Todos pareciam concordar, sacudindo a cabeça.

"Levando isso em conta, o que é o civil? Quem são as pessoas que não foram enviadas ao front de batalha para matar estranhos de um país rival? Ora, gente da mais variada espécie: empresários, contadores, confeiteiros, donas de casa, indivíduos das mais diversas nacionalidades... Alemães, austríacos, italianos, suíços, noruegueses..."

"Pessoas que apoiaram o Reich", disse Renaud.

"Ou que se mantiveram neutras."

"A omissão é uma forma de apoio", ele complementou.

"Exato. E que agora encaram a extensão do horror do regime que apoiaram ou com o qual consentiram, em silêncio."

"Vamos dar pás para que cavem seus mortos, mas jamais...",

Renaud pausou, tomado por uma cólera visível nas veias saltadas no pescoço, "jamais vamos recebê-los aqui."

"Jamais vamos tratá-los como seres humanos, é isso que você propõe?", perguntou o diretor.

Renaud estava irritado demais para responder.

"As pessoas estão aí, dr. Renaud! Queira você ou não. Vão viver por muito mais tempo. Talvez tenham problemas para dormir, quando bate a consciência, quando leem alguma matéria sobre o holocausto. Talvez tenham neuroses, talvez desenvolvam comportamentos histéricos, psicóticos, melancólicos…"

"Problema deles! E não venham me falar do juramento de Hipócrates", bradou Renaud, levantando-se, agarrando o braço da poltrona com força.

O diretor fez um gesto abaixando a mão para que ele voltasse a sentar.

"Trouxe essa questão em pauta para que todos pudéssemos chegar a um consenso."

"A respeito do quê? Se devemos aceitar nazistas ou não?"

"Nada tão radical, pelo amor de Deus, Renaud."

Nicolas ficou tão envolvido em assistir à disputa que não parou para pensar na própria opinião sobre o assunto.

"Há uma questão prática. Temos pacientes judeus aqui no Centro. Temos também psiquiatras judeus", Jacques disse, olhando para o resto do grupo, sem se fixar em nenhum rosto específico. "Esses… simpatizantes ou ex-simpatizantes nazistas — eles se sentiriam confortáveis em serem tratados pela nossa equipe? E no sentido contrário, nós nos sentiríamos aptos a fazer um tratamento imparcial?"

"Nesse momento, sempre retornamos ao juramento de Hipócrates, por mais que Renaud se recuse a tratar do assunto."

Uma mão tímida se levantou; Nicolas reconheceu como sendo de Ezra.

"Pessoalmente, não me sinto confortável", disse Ezra. "Hipócrates ou não. Lidamos com o inconsciente, um fator que Hipócrates não levava em consideração dado que a ciência da psicanálise não existia na época. Por mais que, conscientemente, eu saiba que sou um profissional e que todo ser humano enfermo merece atenção médica, não sou capaz de controlar o que o meu inconsciente articula, do que ele padece... Em resumo, a meu ver, seria um grande equívoco."

O diretor olhou para a sala e perguntou ao vazio:

"Bons argumentos. Quem concorda com Ezra?"

Renaud jogou a mão para o teto. Jacques hesitou e fez o mesmo. Nicolas ficou com a sua mão parada sobre o colo, até que olharam para ele; ergueu a mão também. Olhando ao redor, viu que todos se uniram em um consenso.

"Bom", disse o diretor. "Assunto resolvido. Não foi tão difícil, vejam só." Ele riu. "Vantagens de uma democracia!"

De volta em casa, a mulher o recebeu com um beijo e lhe serviu uma taça de vinho tinto. O semblante dela parecia mais alegre, sua postura mais ereta, enquanto ele, pensou Nicolas, estava definhando, com dor nas costas de andar tão curvado.

"Dia proveitoso?", ele perguntou a ela.

"Ah, todo dia uma guerra, eu e as equações."

"Imagino."

"O mais difícil é que não dá para imaginar, para visualizar. Não tem gráficos que me ajudem, imagens de planetas, desenhos de um carro em movimento. É todo um mundo novo."

"Sim, sim, você disse."

"Que não dá para colocar em um microscópio e ver."

"Você está estudando algo que não se enxerga?"

"Algo tão pequeno que jamais vamos enxergar, mas que podemos deduzir…"

"Como o inconsciente do meu amigo Freud. Só que com equações matemáticas."

"Isso. Equações horríveis."

"E isso seria parecido com o inconsciente por quê?"

"Porque precisamos convencer as pessoas de que isso existe, mesmo sem poder enxergar, e que importa, mesmo sendo minúsculo."

"Mas para o que importa seja lá o que esses físicos de Genebra estão fazendo? Criar novas bombas?"

"Não! Todo o trabalho deles é sem fins lucrativos, sem ligação com o Exército…"

"Então, por quê? Pelo prazer da ciência?"

"Para descobrir do que é feito o mundo! Assim como você tenta descobrir do que é feita a cabeça dos seus pacientes, não?"

"Eu não sou um pesquisador. Eu tento curar os meus pacientes. Com as ferramentas que tenho em mãos. A ciência dura é que quer concluir que tudo não passa de moléculas flutuantes."

"Certo, certo, então vamos fingir que você é apenas um operário em uma fábrica."

Ela o enredou com o braço e pediu mais um beijo, que ele deu de maneira um tanto automática.

"Mas é que eu realmente não vejo ligação", ele insistiu.

"Ah, isso foi só algo que pensei por causa do Jung."

O nome citado na reunião voltou a Nicolas na forma de um arrepio.

"Jung? O que esse charlatão tem a ver?"

"Charlatão? Achei que fosse o psiquiatra mais famoso da Suíça."

"Enfim, o que ele tem a ver?"

"Ah, Pauli está se consultando com ele, descobri faz pouco. Conta seus sonhos e fala dos seus projetos de física."

"Quem é Pauli mesmo? Desculpa, eu me perco com todos esses nomes."

"Ganhou um Nobel!"

"Todos pelo jeito ganharam."

"Mora em Zurique!"

"Tão perto, tão longe…"

"Bom, seja como for, ele está obcecado com questões de simetria."

"É disso que ele trata no consultório do dr. Jung? Não vai lá para falar da mãe?"

"Tonto. Acho que todo cientista deveria se deitar no divã. Pouparia, ou pelo menos atenuaria, muitos traumas."

"Desculpe. Comecei a fazer piadas e ignorei o que você estava falando. Simetria?"

"Isso. Nos férmions, um tipo de partícula elementar que…"

"Tipo um átomo?"

"Não, besta. Muito menor. É aquilo de que os átomos são feitos. Quarks, elétrons…"

Ele ficou em silêncio.

"Dá para ver que a sua educação foi realmente nas áreas biológicas. Você acha que a menor parte da matéria é o quê, uma célula?"

"Bom…"

"E a célula é feita de quê?"

"Átomos."

"E os átomos…?"

"Núcleo, elétrons… Faz tempo que estudei isso."

"Isso, elétrons, mas cada vez mais a gente descobre coisas novas que…"

"A gente?"

"Os cientistas. Que existem partículas menores compondo os prótons e nêutrons, e que a maneira como cada partícula interage dentro do átomo é totalmente diferente de qualquer outra coisa já vista na natureza."

"E onde Jung entra aí? Aposto que ele viu um anjo da Cabala em um elétron."

"Pauli, o físico, está fazendo sessões com dr. Jung, eu já disse. E ele acha que a conversa com Jung pode ser frutífera, pode levar a outras descobertas científicas. Todos comentam isso."

"E comentam também que Jung é antissemita?"

"Você só pode estar de brincadeira."

"Brincadeira alguma. É o sonho dele limpar a psicanálise desse judaísmo todo."

"Mas Pauli é judeu."

"É?"

"Acho que sim."

"As coisas ficaram complicadas depois da guerra…"

"Enfim. Os sonhos de Pauli podem conter indícios úteis para pensar questões de simetria. Essa é a obsessão dele. A maneira como a simetria perfeita parece não existir entre os férmions. Questões fundamentais a respeito da matéria, de como o mundo vira mundo."

"Sim, sim, fundamentais, partículas *elementares*. Podiam muito bem chamar de *partículas essenciais*, não?"

"Não. Você está de mau humor?"

"Um pouco."

"Notei."

"Desculpa."

"Então Jung é uma farsa por ser antissemita, é isso?"

"Não, por outras coisas. Ele é um místico. Deve servir para um físico perdido na vida, em busca de um guru carismático. Quem sabe uma figura paterna?"

"A sua má vontade com a ciência é chocante para um suposto homem de ciência."

"Eu só sinto falta da aplicação prática. Você ainda não me respondeu o que físicos nucleares querem além de bombas nucleares."

"Máquinas de raio X curaram muita gente."

"De novo, a madame Curie."

"Mas dane-se a aplicação prática. Você não acha interessante?"

"Eu não compreendo, Anna, para ser sincero, esse é o problema."

"Certo, mas você tem imaginação, não tem? Você tinha, pelo menos, quando a gente se conheceu. Tem? Então imagine um pouco. Imagine que você está entrando dentro das células do nosso corpo, certo, e há um número imenso de átomos compondo essa célula. Aí você entra dentro do átomo e você localiza um núcleo forte, intenso, um sol."

"E os elétrons girando em torno dele, isso eu aprendi."

"Mas não é uma órbita comum. Eles estão em todos os lugares ao mesmo tempo, como em uma nuvem. Apenas quando você olha para um deles é que ele ganha uma posição definida. Mas quando você tem a posição, você não sabe para onde ele está indo. Só existe a nuvem de possibilidades."

"Não sei se consigo enxergar isso."

Nicolas fechou os olhos e imaginou uma bola dourada, resplandecente, e um enxame de mosquitos ao redor dela. A voz de Anna seguia na sua explicação, como se ela estivesse narrando as imagens que Nicolas visualizava em sua mente.

"A questão são as distâncias. Os elétrons são minúsculos. São... grãos de areia. E a maior parte do átomo... não tem nada. Nada."

Ele imaginou o céu noturno coberto de estrelas, uma distância de milhões de quilômetros entre um astro e outro.

"Como no espaço sideral?", ele perguntou.

"Isso, mas imagine que você está entrando dentro do seu próprio corpo, dentro das suas células, dentro dos seus átomos e ali você tem esse grande, imenso, absurdo vazio."

"E isso que é a estrutura da matéria?"

"Isso que é a estrutura da matéria", ela repetiu.

9.

O inverno se anunciou um mês antes, com uma neve que caía suave sobre o centro, visível de qualquer janela, mas quando alguém estendia a mão para que um floco de neve caísse nela, este logo se desmanchava em água, como se a neve fosse uma mentira, um truque do céu.

Uma névoa espessa pairava sobre a cidade, uma nuvem descia da cordilheira do Jura e englobava todos os moradores, médicos e pacientes. O frio se mostrou penetrante e Nicolas logo começou a vestir uma meia sobre a outra, na esperança de impedir que seus pés congelassem. "Imagine no inverno!", dizia sua esposa, mas Nicolas preferia não imaginar. Para sair de casa, ele enrolava um cachecol de lã no pescoço com tanta força que quase se enforcava.

Eram dias sonolentos e agitados ao mesmo tempo. Anna passava cada vez mais tempo em Genebra, e às vezes o mais prático era alugar um quarto de pensão por algumas noites em vez de retornar para o vilarejo. Nicolas ficava com aquela casa solitária para si, adormecia cedo depois de jantar um ensopado de batatas com carne, o sono ia tomando toda a cidade, conduzindo os moradores ao esquecimento da noite, e despertava com o coração acelerado, como o de alguém que tivesse esquecido a lareira acesa e percebesse o fogo se espalhando pela casa.

Naqueles momentos de solidão, Nicolas se lembrava dos dias em que os dois tiveram conversas com menos silêncios ressentidos, e que nunca um iria para a cama sem dar boa-noite ao outro, um tempo que parecia distante e, ao mesmo tempo, recuperável, ao alcance do esforço. Anna o apoiou quando ele se encontrava esmagado e ele gostava de pensar que, em certas horas, foi capaz de retribuir com amor, mas andando de um lado para outro pela casa deserta, parecia-lhe que ele se tornara apenas um estorvo, que a vida dela melhoraria sem carregar aquela pedra no bolso que era Nicolas, que a fizera afundar nesse vilarejo pacato que a castrava culturalmente, e essa linha de raciocínio logo o conduzia à pior briga entre os dois, quando, discutindo e remoendo o passado, ela usou aquela palavra, que dava um diagnóstico ofensivo, que o obliterava por esconder certa verdade, a palavra que teve de ser proibida entre os dois, senão Nicolas desistiria de tudo.

No Centro, ficou sabendo que um novo paciente tinha chegado, vindo da Suíça germanófona, com um diagnóstico preliminar de esquizofrenia, mas no espectro funcional da enfermidade, logo explicou o diretor. O Centro focava nesses casos cuja melhora poderia ser demonstrada em uma palestra aos financiadores, empresários muitas vezes refugiados da guerra que escaparam de algum país trazendo uma pequena fortuna em joias e buscavam maneiras de lavar dinheiro ou ganhar status naquela sociedade em que não passavam de sobrenomes desconhecidos. Seu nome era Emil e Nicolas fora designado para tratar dele.

Os psiquiatras conversavam entre si na sala de descanso lotada, com todas as poltronas ocupadas, a fumaça de charutos formando uma nuvem análoga à névoa do lado de fora. A outra novidade era que um médico tinha sido transferido para o Centro, vindo de um sanatório em Herisau, no cantão de Appenzell.

Lá em Herisau, contava o novo médico, ele supervisionou um paciente que era escritor até o momento de sua internação, um sujeito pacato de olhos tristes que se prestava a longas caminhadas. Uma das primeiras perguntas que o médico fez ao autor foi se ele pretendia continuar escrevendo seus contos, romances e poemas ali, pensando que a prática da ficção pudesse vir a ser terapêutica, ao que o paciente respondeu: "não estou aqui para escrever, e sim para ser louco".

A história era boa por si só, mas o médico explicou que ela não acabava ali. O paciente continuava, sim, escrevendo. Na verdade, sua ânsia pela escrita era tamanha que ele usava qualquer superfície lisa como suporte: cartões de visita, papel higiênico, o verso de recibos. Já que o espaço era pequeno, precisou desenvolver uma caligrafia diminuta, ilegível para qualquer um que não ele, para dar conta de narrar um conto inteiro em um retângulo de oito por quatro centímetros. "Olhando aqueles rabiscos", disse o médico, "você pensaria que não passavam disso, de rabiscos, até conseguir discernir um ß. Aí você sabia que estava diante da língua alemã."

Todos riram e ficaram intrigados na mesma medida. Nicolas perguntou se os contos eram bons. "São bons, sim", respondeu o médico de Herisau. "Mas um tanto sem rumo. Provavelmente nunca serão publicados por uma grande editora, ou algo assim. Vocês incentivam a expressão artística dos pacientes aqui no Centro?"

Nicolas sabia que se o diretor estivesse na cena, ele mentiria que sim. Na ausência dele, Jacques disse, em tom brincalhão, que os pacientes recebiam o teste de Rorschach na chegada, e suas respostas eram registradas no prontuário.

"Mas e a produção dos pacientes?", perguntou o novo psiquiatra, sem ceder à piada de Jacques.

Jacques evadiu, dizendo que incentivavam os internados a realizarem exercícios aeróbicos, caminhadas, corrida, nem que fosse uma trilha pela montanha, em especial os que padeciam de mania. "Mas precisam de supervisão de uma enfermeira, e nem sempre há uma moça disponível para um passeio na floresta", acrescentou. O novo médico, com o entusiasmo de um recém-chegado, disse que adoraria levar seus pacientes para caminhadas.

Então Nicolas interveio, dirigindo-se ao novo médico: "Mas o senhor acha que a expressão artística pode ser útil no tratamento de quais enfermidades?". Os psiquiatras ali reunidos pararam para ouvir a resposta. Entre eles, era possível discernir a figura do dr. Starobinski, com um bloco de anotações em mão, como um documentarista esperando captar um momento relevante com sua lente.

"Bem...", começou a falar o médico de Herisau, hesitante. "Fazemos isso com alguma frequência no centro clínico em Herisau, em especial com pacientes incapazes de se comunicar verbalmente. Catatônicos ou casos severos de *dementia praecox*. É algo que tem se tentado bastante na Inglaterra também. Em especial a expressão visual. Artes plásticas. Pintura, no caso."

"Sim, nós entendemos. Mas aqui no Centro não costumamos atender os incuráveis."

"E se eles forem curáveis, mas não pela terapia da fala? Esquizofrênicos produzem uma obra interessante que muitas vezes dão pistas da lógica por trás da doença, ou melhor, da lógica que rege a doença. É possível visualizar alucinações íntimas e pessoais em cores. Sobretudo se o paciente tiver algum talento."

"Descobriu algum Picasso no caminho?", brincou Renaud.

"Talvez Picasso seja um dos pacientes!", disse Jacques.

"Por sinal, Rorschach não era de Herisau? Isso explica seu interesse...", continuou Renaud.

"Mas você falou antes da escrita, do caso desse escritor em Herisau...", insistiu Nicolas, ignorando a conversa dos demais.

"Ah, sim. Quando trato pacientes melancólicos, sempre sugiro que eles mantenham um diário e registrem seus estados de humor. Às vezes facilita na hora da sessão. E também pacientes que estão sob sedativos ou fazendo eletroconvulsoterapia e acabam tendo perda de memória. Mas é um diário. Não é arte. O escritor de que falei é exceção. Talvez seja útil, uma maneira de colocar o excesso de sentimento para fora, atenuando traços ansiosos. Mas a escrita é uma atividade solitária, lenta, demorada... Pode vir a piorar quadros depressivos."

"Certo...", disse Nicolas, sentindo-se um tanto decepcionado, mas sem saber o motivo específico que desencadeou essa frustração. O médico de Herisau pareceu notar.

"De qualquer maneira, é curiosa a recorrência de figuras melancólicas na história da literatura europeia, o senhor não acha, doutor?"

"Sim, sim. A pergunta talvez seja: escreviam porque eram melancólicos ou eram melancólicos porque escreviam?"

"Mais uma vez, os benefícios do exercício físico praticado ao ar livre! Nada de se enfurnar em bibliotecas escuras, cheias de traças. Até o amigo de vocês, Burton, concorda: evitar o ócio", disse Jacques, ciente de que ninguém lhe dava atenção.

"Seja como for, não sei se uma obra de arte vale o sofrimento", ponderou Renaud. "Sem a Primeira Grande Guerra, não teríamos os poemas de Sassoon ou Wilfred Owen, mas foi essa mesma guerra que matou Owen."

"Você está pensando em um estado depressivo reacional,

em decorrência da guerra. Não em uma enfermidade mental endógena", disse Nicolas.

"Não seriam todas as melancolias reacionais?", perguntou o médico de Herisau.

"Ah, agora você acaba de soltar uma granada nessa sala", disse Jacques. "Vocês continuem discutindo, eu estou atrasado para a minha ronda, muitos corações para auscultar."

Jacques se levantou e foi embora, apressado. Renaud também pediu licença e saiu. O médico de Herisau continuou olhando para Nicolas, esperando uma resposta.

"Então, essa é a pergunta mais difícil de se fazer. Lamento, mas eu não tenho uma resposta para isso."

"Ah, doutor, não estou pedindo um tratado definitivo. Quero a sua opinião. O seu instinto de médico. O que ele diz?"

"O meu instinto está preso a essa dúvida. Nós estamos tratando aqui pessoas que passaram por combates violentos, pessoas que perderam entes queridos na guerra, pessoas que vivenciaram o fascismo dominar o seu país... e desenvolveram uma enfermidade mental. Mas quantos heróis de guerra não cantam suas vitórias, não exibem suas medalhas? Quantos americanos não voltaram para os Estados Unidos recebidos com fogos de artifício e se adaptaram maravilhosamente bem à sua vida lá, tiveram filhos a quem contarão histórias de batalhas épicas? E talvez esse soldado, vamos dar um nome a ele, um nome muito americano, Jack, ou John, talvez ele tenha lutado ao lado de Ludwig, nosso paciente aqui, e..."

"Um americano chamado Ludwig?"

"Lee. Longa história", explicou Nicolas. "Enfim, talvez Jack ou John tenha passado pela mesma experiência de combate que Lee, mas só um deles enlouqueceu. Mesmas circunstâncias, mas..."

"Cérebros diferentes."

"Isso."

"Mas há a questão da vida pregressa, de como foi a infância de Lee e a do nosso hipotético John ou Jack."

"A formação sexual", rebateu Nicolas.

"Sim, sem dúvida isso tem peso."

"Isso quer dizer que o senhor acha que toda melancolia são mentes reagindo a um trauma de maneira diferente, pois cada uma tem um aparelho psíquico diferente."

"Claro."

"Mas e a dimensão do trauma? Uma histérica como Anna O., ou então o caso da menina Dora, é diferente de um homem que desembarcou na Normandia. Não podemos comparar alguém que viu todos seus colegas serem explodidos por uma mina terrestre com uma moça que reprimiu uma questão de natureza sexual na infância."

"Cada pessoa tem o seu conceito de sofrimento, Nicolas. Não acha?"

Ele desviou o olhar e passou a fitar os próprios sapatos, o cadarço desamarrado do pé esquerdo. Sim, Nicolas concordava, é claro.

Será que sua situação era visível até a um estranho recém--chegado? Nicolas pensou que devia responder rápido, com uma frase cheia de jargões — é isso o que estavam tendo ali, não? Um debate técnico, intelectual, o médico de Herisau não estava psicanalisando Nicolas... Mas por que se sentia tão vulnerável e exposto? Nicolas não lutou na guerra e nunca foi diagnosticado com uma enfermidade terminal, uma doença crônica que o desgastasse de forma inexorável e, ainda assim, colapsou, viu sua sanidade se desmanchar apesar de ter se resguardado das grandes tragédias históricas e pessoais. Sobrevivera à França ocupada, com silêncio e discrição. Estava bem, agora, funcional, mas depois da experiência que tivera na faculdade, parecia que sua saúde mental era frágil como uma casa de madeira carcomida construída no terreno em declive à beira das montanhas suíças.

"Não sei mais o que eu acho", Nicolas respondeu. "Quando releio Freud, tenho certeza da diferença entre um luto saudável e necessário e um estado melancólico patológico que pode ser curado ao trazer o episódio traumático à luz. Todos os soldados voltaram impactados da guerra, sem exceção, mas alguns processam o luto e outros ficam presos em um estado horrível do qual não conseguem sair sem auxílio de psiquiatras. O problema é que nossas ferramentas nem sempre dão conta de resgatá-los desse abismo. Cada vez que venho para o Centro e converso com outros médicos sobre os casos, volto para casa com mais dúvidas."

"Parece ser uma troca de conhecimento produtiva."

"Quero acreditar que sim. Seja bem-vindo. Não peguei seu nome, apenas que você veio de Herisau."

"Na verdade, sou de Berna. Meu nome é Peter Strauss. E o seu?"

"Nicolas."

"Nicolas do quê?"

Nicolas respondeu, em voz baixa, com seu sobrenome.

À noite, pediu à esposa para que, na próxima vez que ela visitasse a biblioteca em Genebra, buscasse algum livro do autor internado em Herisau que escrevia em uma caligrafia minúscula. Passou a ela o nome, Robert Walser.

Ela retornou na noite seguinte com um exemplar de *Os irmãos Tanner* em uma encadernação vermelha com letras em dourado. Disse que não foi fácil encontrar. Nicolas se sentou na cama, abriu a primeira página e começou a leitura, sem ter a menor ideia do que esperar.

Era um livro lento, à beira da sonolência, onde acontecimentos iam se encadeando sem um arco maior, sem um drama centralizador, sem um mistério a ser resolvido, como se a vagabundagem do protagonista fosse um espelho da narrativa. Apesar disso, Nicolas só largou o livro quase cem páginas depois, após uma cena dolorosa na qual Sebastian — um jovem poeta idealista, rejeitado pelo outro irmão, um pragmático que pensa que Sebastian precisa viver, ganhar experiência, antes de conseguir escrever uma grande obra — morre congelado em uma trilha, em alguma dessas sinuosas montanhas da Suíça.

Ele acordou com o livro sobre a cabeceira e ainda era cedo demais para ir ao Centro. Sua esposa dormia em posição confortável ao seu lado. Acendeu o abajur e continuou a ler a obra, cujo enredo seguiu vagando no vazio, com seu protagonista indo de um cargo submisso a outro, sempre com alegria e disposição. Os cenários suíços eram vívidos demais; parecia que Walser descrevia a paisagem que Nicolas encontraria ao abrir a janela do quarto.

Anna acordou e perguntou se o livro era bom, e ele o fechou de repente, como se fosse o seu diário pessoal e ela estivesse invadindo sua privacidade, como ele mesmo fizera com o diário dela. Respondeu que sim, atirou a colcha para longe e se levantou.

"Eu vou gostar?", questionou Anna.

"Talvez ache um pouco parado."

"Você botou na cabeça que eu só gosto de filmes de suspense com Orson Welles por algum motivo esquisito."

Ele saiu do quarto, como se um constrangimento o perseguisse, como se não devesse ter se emocionado tanto com aquela leitura. O que tinha ali, além de caminhadas pelos bosques?

Ele perguntaria depois a Peter, o médico que trabalhou em Herisau, qual tinha sido o diagnóstico do paciente, se Walser, como supunha, sofria de melancolia, e pensou em como era amplo o espectro da melancolia, como alguns melancólicos são capazes de ser funcionais, de ir ao trabalho, de escrever livros, de sorrir e tirar a mulher para dançar em um baile.

Um elogio que Nicolas sempre recebera: o de que arrasava em um salão de baile. Nunca foi um sujeito muito coordenado, tropeçando com frequência em qualquer galho no caminho, confundindo-se entre esquerda e direita, mas quando tomava uma companheira de dança em mãos, dedicava-se não apenas a impressioná-la, mas a criar um espetáculo para si. Depois de dançar a noite toda em um bar em Paris, colapsava na cadeira e tomava mais espumante, rindo de um jeito infantil, como um bebê que conseguiu dar cinco passos sem apoio, antes de cair desajeitado no chão, aplaudido pelos pais. Depois de cultivar uma relação mediada por objetos culturais com Anna, quando sentia que não precisava mais fingir um estilo de vida intelectual, ele a levou a um bar sórdido em um *arrondissement* distante, onde o jazz americano soava alto.

Nicolas se lembrava daquelas gargalhadas que trocavam na pista de dança como algo tangível e abstrato no mesmo extremo: o som era audível, mas a sensação se mostrava irrecuperável. Não era absurdo pensar que nunca voltariam a dançar daquela maneira. Não era absurdo pensar que nunca seriam felizes de novo daquela maneira.

O personagem do irmão Simon Tanner, que encontra o cadáver do jovem poeta Sebastian, diz: "Um repouso esplêndido esse jazer congelado na neve, sob os galhos dos abetos. Foi o melhor que você pôde fazer. As pessoas tendem sempre a infligir dor a tipos assim, estranhos como você foi, e rir dos sofrimentos deles. Transmita minhas saudações aos mortos queridos e serenos debaixo da terra, e não arda demasiado nas chamas eternas da inexistência. Você está em outra parte".

A morte como um retorno à insignificância, a única maneira de encontrar paz. A cena do romance o perturbou tanto, pensou Nicolas, porque era uma espécie de suicídio exemplar, congelar em um lugar remoto e desaparecer, até que o universo o esquecesse. Nicolas já foi jovem, e como todo jovem, quis deixar sua marca no universo, e como todo jovem, pensou, teve cada desejo utópico esmagado, um a um. Por que os melancólicos possuem tanta dificuldade de sair da cama? Não apenas porque sabem que nada de bom os espera do lado de fora do quarto, mas porque todas as suas possíveis ações são ideias natimortas.

O centro clínico, apesar de novo, ganhava reputação pouco a pouco. Depois de receberem a visita do tal dr. Starobinski, que vagava de um lugar a outro como um fantasma munido de uma prancheta, folhas e folhas de papel amarelo e uma caneta-tinteiro, outro psiquiatra, dr. Frankl, daria uma palestra na apertada sala do diretor, que anunciou que seria uma honra conhecer uma das vozes dissidentes do pensamento psicanalítico da época.

O diretor disse que o psiquiatra austríaco, um sobrevivente dos campos de concentração, ganhava ares de celebridade, tendo publicado um livro que se tornara um sucesso para além da classe médica. Nicolas perguntou se não valeria a pena, então, convidar as enfermeiras para assistirem também à palestra, e o diretor riu, como se ele tivesse proposto colocar animais enjaulados para acompanhar uma aula de matemática.

Chegado o momento, todos se reuniram na sala e acenderam seus cigarros, criando uma nuvem que o dr. Frankl, sério como um disciplinador infantil, precisou atravessar para chegar à mesa de mármore do diretor, refugiando-se atrás dela. Ele trazia cinco exemplares de um livro em capa dura, que pousou sobre a mesa. Nicolas conseguiu enxergar o título: *Em busca de sentido*. Frankl vestia um terno bem cortado e falava com gestos contidos, mas intensos. Parecia agarrar frutas no ar e oferecer à plateia.

Falou do cotidiano nos campos de extermínio nazistas, onde a vida humana não valia nada, onde os prisioneiros não sabiam se iriam morrer naquele dia, as condições eram precárias, quase animalescas, e a doença estava por toda parte, assim como os piolhos e a fome avassaladora. Essas pessoas não sabiam se seus familiares já tinham sido brutalmente assassinados ou se estavam em uma situação igual, apenas aguardando o momento em que o chuveiro iria disparar gás e não água.

Argumentou que as pessoas que abandonavam as esperanças eram as primeiras a morrer. De fome, de doença. Enquanto outras, uma minoria, mesmo condenadas à morte — e todas, de certo modo, já estavam condenadas —, conseguiam encontrar um sentido no sofrimento, em ajudar prisioneiros, em pequenos atos de generosidade. Ao se agarrar a algo de humano, a uma dignidade...

O que ele vendia era um conceito chamado logoterapia; para Frankl, buscar o sentido da vida era mais importante que qualquer tarefa de um analista freudiano que interroga o paciente atrás de um trauma original.

Ezra levantou a mão, pedindo a palavra.

"Dr. Frankl", ele disse, com respeito. "Aqui no Centro, discutimos o tempo todo acerca das causas da melancolia. Se elas surgem das circunstâncias ou da natureza humana, da formação psíquica, e, se há um consenso, é que a melancolia acaba sendo uma mistura de fatores. Então..."

Frankl interrompeu Ezra com alguma grosseria. "O foco de vocês parece estar no diagnóstico. Diagnosticamos que os pacientes são pessoas melancólicas, pelos traumas que viveram. É um trauma justificado, não? Mas e o futuro?"

Ezra balbuciou: "Que futuro…?".

"Essas pessoas continuarão vivas, por muitos anos, espera-se. Elas sobreviveram aos campos e agora estão livres outra vez."

"Imagino que muitas sobreviveram no sentido de saírem vivas, mas as cicatrizes…", interrompeu Ezra, "quantas se mataram? Quantas não conseguiram viver com o peso do que testemunharam?"

"É aí que nós, psiquiatras, precisamos atuar. Ajudando essas pessoas a encontrarem um sentido para a vida e seguirem dispostas a sair da cama todos os dias, até a velhice. Algo que as mova. Nem que seja o sofrimento. O sofrimento delas pode ser o sentido. Elas sofreram e resistiram."

Ezra calou-se.

Depois do fim da palestra do dr. Frankl, enquanto alguns médicos pegavam autógrafos em seus livros, Ezra veio conversar com Nicolas e Peter, que estavam ao lado da porta, cada um com uma caneca na mão.

"Então, o que acharam?"

"Não sei. Depois de ver a maldade humana expor seu rosto de um jeito tão escancarado, me parece quase impossível retornar a qualquer espécie de normalidade", comentou Peter. "Acho que ele é muito otimista. Imagino que daqui a uns anos vai dizer que as vítimas precisam perdoar os assassinos."

"Eu também encontrei alguns problemas…", sussurrou Nicolas.

"Acho que a fala dele tem equívocos tremendos", disse Ezra, "a argumentação abre precedentes para um raciocínio cruel, pois, se a levarmos às últimas consequências, acaba insinuando que as pessoas que morreram nos campos eram fracas. Mas, por outro lado…", ele olhou para baixo. "Enquanto eu me exilei com minha família na Suíça, ele sobreviveu a quatro campos e encontrou um sentido na vida. Quem sou eu para falar? Vocês comentaram esses dias sobre pessoas com dramas infinitamente menores que são paralisadas pela melancolia. É ousado um psiquiatra defender que o tamanho do sofrimento é relativo, mas que pode preencher por completo um ser humano se ele se deixar levar."

"E me parece interessante pensar que as circunstâncias, seja o fascismo, seja a guerra, seja um mero impulso sexual reprimido, podem ser contornadas se o doente for capaz de enfrentar o vácuo existencial de uma vida sem sentido", disse Peter. "Tem alguma coisa aí. Não sei o quanto não fomos seduzidos pelo discurso dele. Tem uma boa retórica, o sujeito."

Nicolas largou a caneca sobre a mesa, quase derramando o chá.

"Você acha que todos os pacientes são como Jó? Que basta ter uma fé inabalável em Deus para serem recompensados por todos os infortúnios e tragédias pelos quais passaram?", perguntou Nicolas.

"Ei, calma lá. Quem falou em Deus foi você", respondeu Ezra.

Nicolas não disse mais nada. O chá estava frio. Ele pegou a maleta de couro e foi embora.

10.

A grama estava úmida, pequenas gotas se equilibravam na ponta das folhas das árvores, mas não havia chovido na noite anterior. Por alguns instantes, o vento cessou por completo, o som do farfalhar das árvores se interrompeu, nenhum pássaro cantava, e era como se todo aquele vilarejo tivesse parado no tempo.

Nicolas abriu a porta do consultório e entrou um homem cujo físico era diferente daquele dos demais pacientes. Era esguio, ou melhor, franzino, usava óculos tartaruga redondos, tinha o centro da cabeça calvo e das laterais saíam chumaços de cabelo que ele penteava com esmero e grudava contra o crânio com auxílio de alguma graxa pegajosa.

"Emil", disse Nicolas, retornando ao assento. "Meu novo paciente. Seja bem-vindo."

"Obrigado, doutor."

"Quer começar me contando o que o trouxe aqui?"

"Em primeiro lugar, gostaria de dizer que não vejo motivos para estar aqui."

Nicolas anotou isso na caderneta.

"Então, por que você está aqui? É um centro psiquiátrico, não uma prisão."

"Sou de Zurique, doutor, e pensamos que é uma cidade grande, mas no fundo tem os mesmos vícios de uma cidade pequena. Lá, todos adoram um boato, e minha família fez questão de espalhar calúnias a meu respeito. Acabei perdendo o meu emprego, um cargo de respeito, de chefia... Ou melhor, fui demitido, com uma condição para ser readmitido: aceitar um tratamento. Então vim aqui para provar que não sou louco como dizem", ele falou, ajeitando os óculos sobre o nariz.

"Certo. Com o que o senhor trabalha?"

"Contabilidade na maior empresa de seguros da região germanófona da Europa."

"Vou reformular a pergunta: por que o senhor acha que seus familiares enviaram o senhor a este Centro?"

"Ah, as bobagens de sempre. Acham que perdi contato com a realidade. Que vejo coisas."

"Certo, então me fale das coisas que você — posso chamar o senhor de você? — enxerga e que ninguém mais vê."

O homem pausou e girou a cabeça, olhando para a parede atrás dele.

"Você está vendo... agora?", perguntou Nicolas.

"Não, não está aqui", respondeu Emil. "Não gosta de lugares fechados. É um ser que aprecia a liberdade."

"Certo. Você poderia me descrever esses fenômenos alucinatórios?"

"Esses o quê?"

"Ah, vamos, Emil — você não se incomoda que eu o chame pelo primeiro nome, certo? Você parece ser um homem inteligente e estudado, ocupava um posto importante, então sabe do que estou falando."

"Agradeço a lisonja, doutor. E eu espero que o senhor também enxergue."

"Pode me chamar de você. Enxergar o quê?"

"Sabe, eu vim para cá pensando que ele não estaria aqui, mas ele está aqui, nesse vilarejo. Ficou claro desde o início, quando desci na estação de trem e me apontaram a colina onde fica o Centro. Ele está aqui, sim. Ele ou ela. A criatura. Logo mais vai aparecer."

Os olhos de Emil pareciam focar agora a pequena janela que dava para o bosque.

"Se está difícil falar a respeito, podemos voltar um pouco. Quando foi que você teve a primeira experiência que outros julgaram estranha? Conte um pouco de seu cotidiano. Você estava trabalhando ou… "

"Sim, sim. Em Zurique, perto do aeroporto mais moderno da Europa. Com números. Sempre fui bom com números, desde pequeno. Minha mãe achava que era um talento inútil, que no máximo eu seria um professor escolar amargurado. Naquela época, dizer que você trabalharia com economia seria como dizer que você quer ir numa espaçonave para a Lua! Mas eu sabia que havia futuro para mim numa terra de bancários."

"Onde você nasceu?"

"Na Basileia, região da minha mãe."

Nicolas fez uma anotação.

"Você gosta quando um paciente cita a mãe, não é, doutor?"

Nicolas sorriu.

"Eu li Freud, doutor. Eu sei o que você está pensando. Desde que eu falei que ela achava que minha habilidade com números não servia para nada."

Nicolas foi atingido por uma ideia a respeito do caso de

Mary e fez uma anotação na margem da sua caderneta. Ele disse, então:

"Vejo que não será fácil falar da família. Vamos por outro caminho. Você começou falando de Zurique, que tinha boatos como uma cidadezinha pequena. Depois mencionou que trabalhava perto do aeroporto e que era muito moderno. Você parece se importar com isso."

"Isso o quê?"

"O ambiente. As cidades."

"As cidades surgiram com um só intuito, doutor. Iluminar a noite, acabar com a sombra. Por onde você anda em Zurique, há pessoas, há postes de luz, o bonde elétrico passando pela cidade."

"O oposto do que você vai encontrar aqui."

"Sim, isso era óbvio desde o início. Fui enviado aqui para melhorar, mas para mim não há dúvidas: o que querem eliminar de dentro de mim só se agravará."

"O que exatamente é *aquilo*?"

O homem se remexeu na cadeira, como se o couro do assento fosse muito deslizante.

"Fenômenos alucinatórios, doutor. Foi essa expressão que o senhor usou? Foi sim. Você tem um remédio para isso? Um comprimido? Um emplastro? Uma injeção? Devo confessar que odeio agulhas."

"Mais uma vez essa alternância entre uma ignorância fingida e uma…"

"Arrogância?"

Nicolas sorriu.

"Você me pegou, doutor. Enviei cartas solicitando informações sobre o Centro antes de vir para cá. Queria garantir que não estavam me mandando para o hospício, para um lugar fétido e lúgubre."

"Feliz de saber que você gostou das nossas instalações."

"O ar puro do campo, à beira das montanhas! É possível sentir até em um lugar fechado como o seu consultório, não acha, doutor?"

Nicolas não respondeu e encarou com a expressão grave o seu paciente.

"Chega de digressões."

Foi a vez de Emil sorrir.

"Você quer falar de Satã, então", disse o homem.

Começou a ventar e um galho bateu de leve contra a janela.

"Ah, pelo jeito prendi sua atenção, doutor."

"Satã?"

"O que foi? O senhor não acredita em Satã?"

"Não importa no que eu acredito, vamos falar de você. Nesses fenômenos alucinatórios, você enxerga Satã?"

Emil de repente pareceu ter se fechado por completo. Seu sorriso de desdém minguou, seus braços se cruzaram e ele ficou em silêncio. O silêncio durou alguns minutos, que Nicolas aguardou impaciente, como se algo fosse levar Emil a rompê-lo.

"Eu não sou religioso", disse Nicolas.

De repente, era como se Emil recobrasse a vida, como se tivesse vencido uma partida de xadrez.

"Ah! Isso explica. Embora o seu nariz me pareça um pouco... hebreu."

Nicolas fez uma anotação na sua caderneta.

"Explique, então, para um não religioso, como é Satã?"

"Satã, doutor", disse Emil, inclinando-se sobre a cadeira, pressionando o assento com as unhas, "Satã é a luz que tudo ilumina."

"Eu achei que ele fosse mais associado às sombras. Você mesmo disse que as cidades foram iluminadas para esconder as sombras."

"A luz elétrica é uma invenção humana ridícula. É artificial. Satã é a luz pura e verdadeira. Satã é a razão."

"A ciência não é a racionalidade, a seu ver, então?"

"A ciência é o homem brincando de Deus, é o homem acreditando que tem domínio sobre a natureza. Satã é a natureza e a razão ao mesmo tempo."

Nicolas foi anotando tudo com rapidez. O diagnóstico de esquizofrenia parecia óbvio, até demais. No entanto, aquele indivíduo, apesar de seus delírios satânicos, parecia capaz de ter conversas lógicas, de ironia, de perspicácia.

"Natureza e razão não são opostos?", perguntou Nicolas.

"Eu estou adorando a conversa, doutor", disse Emil, teatral. Ele se levantou bruscamente. "Fico até entusiasmado. Se soubesse como senti falta de um interlocutor. Minha esposa não podia ouvir a palavra Satã, ela não podia ouvir a palavra *de* Satã, ela nunca o viu, coitada, nunca foi muito inteligente."

Emil voltou ao assento.

"A natureza e a razão são tentáculos diferentes de um sistema lógico próprio, doutor."

"E quais seriam os outros tentáculos?"

"Eu ainda estou aprendendo. Ele me conta. Não é o professor mais paciente."

"Ele, Satã?"

"Ele ou ela. Tem um par de seios grandes, que balançam como os de uma estátua."

"Uma estátua balança?"

"Mas ao mesmo tempo, ele tem um pênis avantajado, pendurado no meio das pernas."

"Uma criatura hermafrodita, então."

"Uma criatura que é pura potência, doutor. Ou, para usar as palavras do seu professor austríaco, que é pura pulsão."

"Já que você citou Freud, vale lembrar que a pulsão também é irracional, inconsciente."

"Não precisa ser. É isso que ele me ensina. A pulsão pode ter o formato de um discurso infinito e perfeito."

Nicolas conferiu o relógio. Ainda tinham bastante tempo de sessão.

Ao final do dia, ele decidiu passar a limpo suas anotações. Já estava escuro do lado de fora do Centro, os dias iam encurtando com o passar do tempo, e a ideia de retornar para casa pela sua trilha na floresta parecia um prospecto desagradável. Uma garoa insistente caía do lado de fora, gotejando contra a janela. Tinha preenchido cinco páginas com sua conversa com Emil; a maioria era uma tentativa de encontrar um fio condutor em uma enxurrada de incoerências. Uma frase contradizia a anterior, e assim seguia, no seu monólogo, empilhando aporias. Pacientes esquizofrênicos eram, muitas vezes, cansativos. Então ele viu a anotação que fizera em relação a Mary no meio daquilo tudo.

Levantou-se, caminhou até a porta, abriu-a e viu o corredor vazio. Caminhou até a recepção. Adèle estava com a cabeça apoiada na mão, o cotovelo contra a mesa. Quando Nicolas se aproximou, viu que estava de olhos fechados.

"Adèle!"

Ela abriu os olhos, assustada.

"Você quase me mata de susto, doutor!"

"Desculpe, mas você poderia, talvez, conduzir a paciente Mary ao meu consultório?"

"A das unhas?"

"A mesma."

"Que horas são, doutor? Por que não vai para casa?"

"Eu só queria uma conversa rápida com ela."

"Certo. Vou buscá-la. Não sei se já não deram o sedativo noturno…"

"Seria péssimo. Mas ainda é cedo. Acho que temos tempo."

Nicolas ficou parado ali, até que Adèle se levantou e desapareceu no corredor. Ele voltou ao consultório e ficou esperando Mary, que apareceu na porta, pálida como um fantasma. Seu cabelo já tinha perdido a montagem artificial que fizeram para animá-la, e agora estava desabado e cheio de pontas irregulares.

"O doutor me chamou?"

"Sim, por favor, sente-se."

"Achei que nossa sessão seria amanhã."

"Sim, sim, mas pensei em fazermos uma outra agora."

"Não sei se é uma boa ideia, doutor, a ansiedade me vem sempre por volta desse horário, às seis."

"Como é essa ansiedade, pode me descrever?"

"Ah, parece que tem alguém sentado sobre o meu peito, sabe? Uma pressão aqui", ela disse, circulando uma área logo acima dos seios, "aí minha garganta vai fechando, meu coração acelera, eu fico olhando o relógio, esperando o horário…"

"Do sedativo."

"Isso."

"Sim, seus sintomas são muito similares aos de outras pacientes diagnosticadas com histeria."

"Eu sei."

"Assim como você sabe do interesse de um analista por sonhos."

"Não estou entendendo aonde você quer chegar."

O doutor estendeu a cigarrilha para ela, que rejeitou o cigarro com um meneio de cabeça. Ele pegou um para si e acendeu. A chama era fraca sob a luz branca do teto do consultório.

"Sabe, desde a nossa primeira conversa, você parecia certa não apenas do seu diagnóstico, mas também da causa."

Ela ouvia, atenta.

"A bomba atômica, a culpa por ter trabalhado em Los Alamos", ele prosseguiu.

"Sim, me parece um tanto óbvio."

"O primeiro sonho que você me narrou parece uma maneira de processar esse trauma, de fato."

"É?", ela falou, de maneira que hesitava entre uma pergunta confusa e um ato de concordar.

"Mas eu quero chamar sua atenção para o outro sonho mais recente, no qual a sua mãe aparecia, dizendo…"

"Que ia me ver em breve."

"E que você não era culpada."

"Sim."

"Mas ela não estava se referindo à culpa de ter trabalhado girando medidores em Los Alamos…"

"Eu realmente não sei aonde você quer chegar, doutor."

"Ah. Você já viu alguém morrer de câncer?"

"Sim. Meu avô. Uma morte terrível."

"Conte mais."

"Eu visitei ele no hospital quando era criança. Era como um esqueleto, pele e osso. Os olhos pareciam saltar pra fora do crânio. Ele mal me reconheceu. Tinham injetado litros de morfina nele."

"Uma experiência chocante. Capaz de apavorar uma criança."

"Sem dúvida."

"E a sua mãe tinha sido diagnosticada com um linfoma quanto tempo antes de você procurar um trabalho em outra cidade?"

Ela parou por alguns segundos, parecendo buscar uma informação precisa no cérebro.

"Não lembro bem… Alguns meses, talvez?"

"E mesmo com sua mãe doente em Albuquerque, você foi para Los Alamos."

"Ela não tinha mais condições de trabalhar, meu pai não dava conta sozinho, eu precisava de dinheiro pra ajudar no tratamento dela."

"Sim, um dinheiro que você não podia buscar em Albuquerque, uma cidade um pouco maior?"

"As vagas de emprego..."

"Você era aprendiz de secretária, não? Ninguém procurava uma secretária em Albuquerque?"

"Acredito que sim, mas..."

Ela enfiou os dedos na boca, três ao mesmo tempo, e começou a mastigar a carne, em busca de um resíduo de unha.

"Seria terrível ficar na cidade e ver sua mãe definhando aos poucos."

Ela não disse nada.

"Era muito melhor ir para Los Alamos, onde você dormiria ali perto, em Santa Fé."

"Meu namorado morava em Santa Fé e tinha onde me hospedar", ela disse, as palavras pela metade por causa dos dedos na boca.

"Ah, interessante. Sua mãe sabia desse namorado?"

"Não."

"E quando ela morreu, onde você estava?"

"Na casa dele."

"Que horas foi isso?"

"Eu recebi o telefonema à noite", ela disse, com o rosto já coberto de lágrimas que seus olhos cuspiam, mas sua expressão nem parecia registrar o pranto.

Nicolas se curvou na cadeira, aproximando o rosto do dela e oferecendo um lenço.

"A culpa que a sua mãe perdoou no sonho não pode ter sido

por você não ter estado ao lado dela naquele momento difícil, frágil, quando ela mais precisava de você?"

Mary tinha parado de respirar, se engasgara com algo. Sua boca estava aberta e seus olhos esbugalhados, como se ela aguardasse que um sopro de oxigênio a trouxesse de volta à vida.

Nicolas prosseguiu: "Quando ela foi definhando, quando seus ossos estavam todos à mostra, como você mesmo disse? Você preferiu se afastar para não ter que ver aquilo de novo, não é? E você acha que sua mãe morreu cheia de desgosto pela sua atitude".

Um ruído que Nicolas nunca associaria a um ser humano preencheu o consultório e ecoou pelo corredor. Mary se contorcia, a mão batendo no peito, e uivava, um gemido agudo, que parecia capaz de estilhaçar a janela. Adèle apareceu à soleira da porta perguntando se estava tudo bem. Já vinha armada com uma seringa apontada para o alto. Nicolas fez um gesto indicando que aquilo não seria necessário. Ficou vendo Mary se contorcer, gritar, gemer, sem nunca tentar limpar o nariz, de onde escorria um caldo espesso de lágrimas e ranho.

"Vai ficar tudo bem", ele disse.

A esposa estranhou o horário em que ele chegou em casa e viu seu rosto abatido. Ela ofereceu uma taça de vinho, que Nicolas aceitou. Ela perguntou como foi o trabalho. Ele disse que tinha sido bom, ótimo na verdade, mas cansativo.

"Você curou alguém?", ela perguntou.

Ele tomou um gole da taça.

"Pode parecer ridículo dizer o que eu vou dizer agora", ele disse.

"O que foi?"

"Mas eu acho que sim."

"Que bom."

"Sim, acho que ajudei alguém", ele repetiu, e quando notou, ele mesmo estava chorando.

A mulher se aproximou dele, abraçou-o pelo lado.

"Querido, o que foi?"

"Nada", ele disse, limpando os olhos, mas sentindo dificuldade de engolir, um peso no peito, uma rocha esmagando seus pulmões. "Não é nada", ele disse. "Estou bem, é sério."

Uma tristeza mais antiga

Ele, o moleque sérvio que entrou para a história, tinha dezenove anos. Ninguém é muito inteligente nessa idade. Hormônios demais, alguém pode dizer. Pouca vivência, outro pode sugerir. Ele era um receptáculo para ideias radicais, como todo jovem que se depara com um mentor disposto a se aproveitar da imaturidade alheia. Ele era perfeito para a missão.

Dezenove anos é a idade certa para botar uma arma na mão de um homem, pois ele a usará sem pensar nas consequências com a seriedade necessária. Ele queria uma Iugoslávia livre das mãos daqueles austríacos. Mas o que era a Iugoslávia? Um nome, uma região, um país? Um povo? O que Iugoslávia significava para um jovem de dezenove anos que só conhece uma realidade extremamente limitada?

Ele tinha oito irmãos, mas seis morreram na infância. Com uma arma, ele cravaria o sobrenome familiar nos livros de história. Colocaria também a Iugoslávia no mapa, mas o que era a Iugoslávia? Ela nem existia. Era um sonho futuro que o jovem de dezenove anos com a arma na mão nunca chegaria a ver.

O plano era se matar logo depois do ato, voltar a arma para a própria cabeça. Mas o impediram, a multidão arrancou a pistola da mão do garoto, e ele não teve escolha além de definhar na prisão, nunca vivenciando o cataclisma que provocara, apenas ouvindo falar, em conversas dos guardas e de outros prisioneiros, enquanto perdia peso, até conseguir enxergar todas as suas costelas ao olhar para baixo. Também na prisão, tentou se enforcar e fracassou. Era um péssimo suicida.

Foram necessários quatro anos para que o corpo daquele jovem se transformasse em um morto-vivo de vinte e três anos, tossindo sangue em meio à fetidez predominante, entre presos condenados a ter que dividir a comida com vermes fervilhantes. Quais teriam sido seus últimos pensamentos, caído no chão, olhando para as grades que o separavam do resto do mundo? Ainda orbitavam em torno de um sonho utópico, irreal, de uma Iugoslávia pura e livre? De um conceito de nação, de povo, de pertencimento? Por acaso ele ficou sabendo da batalha do Somme? De Verdun? Esse jovem sérvio de dezenove anos ficou sabendo o que era o gás mostarda? Conseguiu imaginar pilhas de cadáveres erguendo-se até os céus, vinte milhões de mortos por um disparo que durou um segundo?

O pai de Nicolas também tinha dezenove anos em 1914, quando o menino sérvio Gavrilo Princip atirou em Franz Ferdinand e na esposa dele, uma mulher cujo nome sempre desaparece nos livros de história, e desencadeou a Grande Guerra.

O pai de Nicolas era um aprendiz de metalúrgico em Lyon. Quando um general apareceu com o tronco coberto de medalhas na fábrica, o pai do doutor foi o primeiro a erguer a mão, implorando por se alistar, para viver aventuras longe daquela cidade idosa, daquela fábrica escura e lúgubre.

O pai de Nicolas, assim como Gavrilo Princip, também acreditava no conceito de nação, de povo, e pensava que cravar a ponta da baioneta nos intestinos de um alemão era uma maneira de defender a ideia do que é ser francês, a comunidade à qual pertencia, a nação que lhe fornecia uma identidade. Aos dezenove anos, todo jovem quer uma identidade, e a ideia de pertencer a um povo com características específicas, com uma *alma*, pode preencher muitas lacunas. A *alma* do povo francês.

Vale a pena ir ao front de batalha por isso, não? Vale a pena dormir em um buraco na trincheira, temendo que a lama suba e os ratos invadam seu espaço, não? Vale a pena acordar com o ruído de vigas desabando, de morteiros explodindo, não? Vale a pena ver seus amigos, Gerard, o aprendiz de padeiro, Paul, o ex-colega de ginásio que estava destinado a fracassar na vida, Jerome, o filho do maquinista, todos os três com os corpos presos no arame farpado, alvo fácil para as metralhadoras alemãs, tudo isso valia a pena, não?

O pai de Nicolas achava que sim, e talvez tenha seguido acreditando nisso até a batalha do Somme, onde foi atingido no joelho, nada demais, ele sobreviveria, conseguiu retroceder até o posto médico, a bala havia atravessado, ele pediu que uma enfermeira limpasse o ferimento, e quando o médico, que mais parecia um açougueiro, finalmente vistoriou a lesão, e anunciou que ele ficaria manco pelo resto da vida e não poderia prosseguir no combate, o pai de Nicolas sentiu um alívio imediato, como se tivessem removido uma rocha que pressionava seu peito, e que ele não havia notado até o peso ser levantado, e, minutos depois, o alívio se metamorfoseou em culpa, e pensou em Gerard, Paul e Jerome, os corpos putrefatos na Terra de Ninguém que soldado algum ousava retirar para não ficar sob fogo alemão, os corpos em exposição, como um alerta, os corpos servindo de alimento a um gato famélico que passeava das trincheiras alemãs para as francesas como se a Grande Guerra fosse apenas um inconveniente. Logo o médico voltaria sua atenção aos mutilados que chegavam carregados por maca, mas antes o pai do doutor segurou o médico pela ponta do avental ensanguentado e perguntou seu nome. O médico disse: meu nome é Nicolas.

De volta a Paris, sua esposa já não conseguia esconder a barriga protuberante por baixo do avental e o pai de Nicolas disse que gostaria que o filho se chamasse Nicolas. A mulher perguntou o motivo. Ele disse que um tal Nicolas havia salvado sua vida. Que foi Nicolas quem o retirara do campo de batalha, carregando-o para longe das trincheiras, até a tenda, salvando-o então de uma infecção horrível, que fizera com que delirasse de febre por noites intermináveis.

A mulher concordou.

Nicolas, ela disse, é um bom nome. Quem sabe ele não será médico também?

A história do salvamento do pai de Nicolas foi ganhando mais e mais vida cada vez que ele a relatava. Os detalhes asquerosos, os vermes que haviam aparecido na sua ferida, os detalhes que giravam em torno de um "e se?", como os poucos milímetros de distância da aorta femoral, eram acrescentados a cada encontro com um novo interlocutor.

Nicolas cresceu com a consciência de que seu pai era um herói de guerra e que a medicina era poderosa; que mais herói que seu pai, que combateu os alemães com um rifle enferrujado que falhava a cada dois tiros, era a figura do médico, que arriscava a própria vida para salvar a de um desconhecido.

Não entendia por que o pai gostava tanto de vinho e conhaque. Primeiro era uma moda de inverno: o pai dizia que conhaque era ideal para se aquecer, exibia o ritual de encher uma pequena taça com o líquido âmbar e colocar a mão por baixo, dois dedos de cada lado, esperando a bebida ganhar um ou dois graus de temperatura apenas pela proximidade de um corpo humano vivo. Também contava que na mamadeira do menino Nicolas sempre adicionava um pingo de vinho fortificado quando nevava, pois a mãe não deixava botar conhaque. Nicolas nunca estranhou o apreço de seu pai pela bebida.

Depois, Nicolas entrou na faculdade de medicina, provocando um grande júbilo familiar: sim, foi um sinal, o destino estava marcado pelo nome! Nicolas, no entanto, não gostava muito das brutais aulas de anatomia, do cheiro de formol, e as enfermidades em potencial perturbaram sua mente de tal maneira que apenas o tratamento psicanalítico pôde salvá-lo.

O impacto foi maximizado pela leitura das primeiras obras de Freud que caíram em suas mãos, no original, *Studien über Hysterie, Die Traumdeutung* e *Drei Abhandlungen zur Sexualtheorie*. Ao contrário de todos os manuais técnicos que fora obrigado a ler, Freud expressava suas ideias com um estilo literário, e os casos que narrava mostravam personagens mais complexos que os protagonistas de romances da época. O que o tirou de vez da medicina cheia de sangue e vísceras e o apontou para o caminho da análise, no entanto, foi o curto ensaio no qual Freud diferenciava o luto da melancolia, sem contar o impacto da leitura de *Die Zukunft einer Illusion*, em que o grande médico vienense ironizava toda forma de religião e todo crente, como se estes fossem crianças que ainda precisavam de superstições e de uma mística figura paterna, pois eram incapazes de enfrentar a realidade. A religião não passava de um resíduo primitivo que logo desapareceria, com o triunfo iluminista da razão.

E, depois de muito estudar, Nicolas visitava a casa da família, e ouvia no rádio notícias alarmantes da invasão à Polônia, de uma realidade que se desmontava, e via seu pai desacordado na poltrona, três garrafas de vinho vazias caídas sobre o piso de madeira, e Nicolas sequer pensava, nem estava no seu campo de possibilidades mentais, era impossível, impraticável, não cogitava que o pai estivesse sofrendo de melancolia.

Ele bebia bastante, é claro, mas que francês não adorava um vinho? E o Calvados não era um ótimo aperitivo? Não era excelente para abrir o apetite, junto com um pão fatiado, uma lasca de *chévre*? O pai não agia como um neurótico, não demonstrava o nervosismo maníaco que Nicolas via em pacientes do sanatório onde começara a residência. Era verdade que suas mãos tremiam de manhã, quando tentava cortar um pedaço de pão, mas o pai era um herói de guerra, aquilo era o mínimo. Ele merecia uma pequena fuga da realidade, não? Ele ajudara a proteger a França. Era o mínimo!

O pai não tinha a gagueira dos neurastênicos. Não tinha hipocondria, não achava constantemente que estava doente; pelo contrário, parecia não se importar com a própria saúde. Não tinha os vômitos nervosos dos paralisados pela ansiedade. Ele só precisava beber um pouco mais. Era uma pena que tivesse perdido o emprego. Mas ele era um herói de guerra! A França devia sustentá-lo.

Às vésperas da chegada da Wehrmacht à França, Nicolas e Anna já moravam juntos, em um apartamento minúsculo próximo ao muro de Thiers. Na rádio, as notícias se dividiam entre as otimistas — Hitler não ousaria invadir a França! Seria repetir o fracasso da Grande Guerra! Nunca cruzariam a linha Maginot! — e as catastróficas — especulações de que o cerco de Varsóvia se repetiria em Paris. Anna trabalhava em um semanário, e por mais que o clima na redação fosse tenso, ela não previu — na verdade, nenhum jornalista previu — o que aconteceu logo em seguida, não daquela maneira debochada e absurda. Quem poderia imaginar que o Exército alemão chegaria sorridente à França, com uma oposição ridícula? Que Hitler visitaria a Torre Eiffel e, depois de pensar se valia a pena destruir ou não aquele símbolo tão francês, concluiu, com ajuda do amigo e arquiteto Albert Speer, que a torre fálica estava de acordo com os ideais nazifascistas. Era, afinal, um testemunho grandioso do poder e da técnica do homem.

Dias antes da chegada da Wehrmacht, Nicolas, em um raro momento em que não foi ingênuo naquela idade, implorou para que os pais fugissem com ele para o interior. O pai de Nicolas disse que nada o tiraria de Paris. A mãe, no entanto, convenceu o marido a fugir. O argumento usado foi o sobrenome dele, e o dela, por conseguinte, um sobrenome cheio de consoantes, terminado em y, um sobrenome que denunciava uma origem impura aos olhos alemães.

Fugiram para Bordeaux, Nicolas, seus pais e Anna, onde a família de Nicolas tinha primos distantes, e logo o governo, como se os seguisse, fez o mesmo. E lá em Bordeaux, Nicolas não viu o pai consciente por um só instante: acordava no seu estupor bêbado tremendo tanto que precisava beber desde o raiar do sol, e seguia esvaziando garrafas até a noite, até não existir mais separação entre dia e noite. E então assinaram o armistício, o grande e valoroso marechal Pétain abriu as portas para os tanques alemães, e já corriam rumores de que judeus estavam sendo denunciados na França para a polícia, de que os próprios franceses estavam colaborando com a Gestapo, e um dia Nicolas voltou para a casa dos familiares onde haviam se refugiado e encontrou todos chorando, e seu pai pendendo da viga, no meio da sala, exibindo seu corpo fétido por culpa das fezes que escaparam pelas calças quando o pescoço quebrou, e Nicolas, infantil, ingênuo, Nicolas, o psiquiatra em formação que já estava arranjando trabalho no sanatório de Bordeaux, pensou: por que meu pai não disse que estava padecendo de melancolia?

Logo depois, Nicolas e Anna se mudaram com a mãe de Nicolas, ainda imersa no luto da viuvez, para Vichy; o governo, mais uma vez, os seguiu, e Nicolas brincou: é destino, a história está fadada a me perseguir, por onde eu ando, a história vai atrás.

150

E Nicolas e Anna e a mãe de Nicolas, todos queimaram os documentos antigos e mudaram de sobrenome, adotando um muito típico da região sul, Legrand. Assim, Nicolas virou Nicolas, o grande, um sobrenome puramente francês, um sobrenome com a *alma* do povo francês.

A mãe de Nicolas tranquilizou o filho, disse que nada aconteceria com ele, que ele tinha sorte de não ter sido circuncidado, que ele tinha sorte de ter o nariz igual ao da mãe, que ninguém estranharia, e Nicolas seguiu exercendo a psiquiatria, até se tornar um médico respeitável, até os pacientes começarem a chamá-lo de doutor, e ele nunca pensou muito no pai como um melancólico, ele nunca pensou muito na possível hereditariedade da doença.

Nicolas apenas acreditava que o pai tinha se matado por causa da guerra, da Segunda ou da Primeira, por causa do vinho; afinal, seu pai nunca demonstrara os sintomas do neurótico, do melancólico, do neurastênico.

Como somos cegos, todos nós, horrivelmente cegos, e estúpidos, e burros, Nicolas pensou muitos anos depois, na Suíça, quando se lembrou do pai, de repente, quando se deu conta de que o suicídio era uma causa de morte tão frequente, o que não deveria ser, mas todos somos tristes, terrivelmente tristes, e estamos imersos nessa tristeza infinita, cósmica, uma tristeza do tamanho do universo ou do espaço vazio dentro do átomo, e pensou que pelo menos agora estava na Suíça, estava em um país neutro, em um país imune à história, e que agora estava livre, agora a história não mais o perseguia, a Suíça era a-histórica, atemporal, isolada, blindada, e não percebeu como continuava ingênuo, tão estupidamente ingênuo.

11.

Nicolas passou as festas de fim de ano com a esposa e os colegas que não viajaram para alguma cidade maior, para reencontrar familiares. Eles brincaram que era o Natal dos órfãos. As enfermeiras se dedicaram a decorar o térreo com faixas douradas, além de um pinheiro natalino de dois metros com várias bolas de cristal penduradas. O bom humor da equipe parecia ter contagiado os pacientes. Bastava olhar o armário de medicamentos e ver que se havia utilizado um número menor de tranquilizantes no período.

Alguns pacientes, de acordo com os médicos, demonstravam inclusive otimismo em relação ao ano de 1953 que chegava, talvez porque acreditavam que, com o novo ano, eles também seriam pessoas diferentes, quem sabe até curadas, aptas a retornar à sociedade, ou talvez, argumentava Nicolas, com o avanço do tempo (o tempo não deixava de passar, mas nós, humanos, nos preocupamos tanto com essas pequenas marcações, somos escravos da arbitrariedade do calendário, pensou Nicolas), a cada novo ano, os pacientes se distanciavam cada vez mais do trauma que os levara para lá, da guerra, do fascismo, se distanciavam mais e mais das pessoas que haviam sido naquele período.

Mas não existe solução mágica, disse Nicolas aos colegas, já por volta das duas da manhã, esse é o problema, insistiu, não existe solução mágica, e em breve todos voltarão a gritar com as paredes.

"Não seja um estraga-prazeres", respondeu Renaud, no meio da fumaça do ambiente, das horas vazias da madrugada, ou talvez tenha sido Adèle, ou mesmo Anna.

No dia 5 de janeiro, o Centro já estava cheio outra vez e, confirmando a previsão mais pessimista, os melancólicos agarraram-se de novo à sua tristeza, agora com mais força. Ludwig retornou ao seu mutismo, após dias sendo capaz de manter conversas de até quinze minutos. A nevasca que desabou no vilarejo também podia ter contribuído com a queda dos humores, especulou Nicolas.

"É fato notório, muito bem documentado, que países frios têm um número maior de suicidas", ele disse na sala do diretor, no primeiro encontro de 1953 com todos os outros médicos.

O diretor sacudiu a cabeça. "Esses estudos não provam nada. Não levam em conta a cultura. Não temos como comparar a cultura europeia com a de um país quente e festivo, como, sei lá, o Brasil."

Renaud pigarreou. "O senhor, diretor, acredita que o maior letramento pode ser um fator prejudicial para…"

"Que besteira", interrompeu Nicolas. "Certo, deixem o clima de lado. Eu só quis dizer que essa nevasca impacta os humores, só isso. Que é um fator que não deve ser descartado."

"E a cultura também importa", insistiu Renaud.

"Sim, importa. É outro fator a somar. Mas as ligações não

são diretas ou óbvias. São sempre tênues, oblíquas, imprevisíveis", disse Nicolas.

"Seja como for", disse Renaud, "é uma alegria estar na Suíça. Deve ser um pesadelo atender pacientes na Alemanha ou na Áustria. O clima é igualmente ruim, mas os traumas…"

"Sim, sim", ironizou Ezra, "nada se compara à maravilhosa Suíça. Podem botar uma população inteira em uma câmara de gás, e nós continuaremos achando que é melhor não nos envolvermos nessa briga."

Na janela, pequenos cristais de gelo se formavam contra o vidro.

O frio levou Nicolas a fazer o trajeto entre a clínica e sua casa pela estrada de terra principal. No entanto, alguns dias ventava tanto que parecia melhor cruzar margeando o bosque, pois as árvores serviam como uma barreira contra o vento.

O que o incomodava mais era a penumbra. Ao sair por volta das seis da tarde, já não havia rastro da luz do sol no horizonte, as montanhas brancas perdiam sua cintilância, e ele esmagava os ombros e caminhava apressado para vencer o mais rápido possível os dois quilômetros que separavam o Centro do vilarejo. Em um desses retornos, deparou-se, no meio do trajeto, com uma criança que jogava milho para um pássaro diminuto e hesitante que saía da folhagem para morder o grão e retornava o mais rápido possível ao seu esconderijo.

A visão, à distância, deixou o doutor confuso. O que uma criança estava fazendo ali, no meio do nada, alimentando um pássaro? Ele não conseguia distinguir, do lugar onde estava, se era um menino ou uma menina. A idade também podia oscilar entre os oito e os doze anos. Em um passo, a criança parecia uma adolescente, em outro, um garotinho perdido. Usava uma boina escura, e ao ver o doutor se aproximando, fez uma pequena reverência com a boina e entrou no bosque atrás do pássaro que tinha desaparecido.

O doutor gritou "Ei!". Não era arriscado uma criança se perder no meio da floresta? Ele olhou as árvores agonizantes, até ouviu um rastro de um riso divertido, e ficou esperando que a criança tornasse a aparecer, mas não viu mais sinal humano algum, e não ousou se embrenhar na mata atrás dela.

Em casa, Anna o aguardava com um pacote que chegara com selos dos Estados Unidos.

"Um amigo americano?", ela perguntou.

"Que nada. É Johannes, que se mudou para lá e a cada dois meses lembra que existe a Suíça."

"Está tudo bem?"

"Sim."

"Você parece abalado."

"Impressão sua", ele disse, encarando o envelope grande e procurando o abridor de cartas.

Enquanto ela procurava uma garrafa de Hennessy, depois de argumentar que precisavam de algo mais forte do que vinho para se aquecerem, a lâmina rasgou o papel pardo da carta e uma *Life* caiu sobre o colo de Nicolas, além de outros papéis que deslizaram para o chão. Ele pegou a revista. Era de 8 de agosto de 1949. Um cartão-postal marcava uma página. Ele a abriu. O pintor Jackson Pollock aparecia em uma extensa reportagem, posando de braços cruzados, numa postura descarada, desafiando a câmera, em frente a um quadro enorme manchado de tinta que, aos olhos de Nicolas, parecia algo que Kandinsky fizera sob efeito de entorpecentes.

O cartão-postal dizia: "Sinto sua falta, amigo. Acabo de visitar uma exposição deslumbrante de Pollock, por isso o presente. Aqui, só se fala dele e de seus colegas ou imitadores (De Kooning, Newman — veja depois o que enviei). Os Estados Unidos estão usando a arte abstrata para defender que são o país da liberdade, ao contrário dos rivais vermelhos, com sua arte figurativa de pessoas construindo fábricas. Porém, sei que você, amigo sensível, irá descartar a política e as intrigas a respeito da CIA, e contemplará as imagens pelo seu impacto indelével. Quem sabe não inspiram uma visita sua a Nova York? É hora de cruzar o oceano. Abraços, Johannes".

Anna retornou com a taça de conhaque em mãos.

"Ele mandou uma revista pelo correio?"

"Sim, queria que eu visse esse artista."

O casal observou a página dupla. A chamada da matéria definia Pollock como o melhor pintor americano do século.

"Se você tivesse me mostrado fora de contexto", ela disse, "eu acharia que era produção de um dos pacientes do Centro."

"De fato."

Ele virou a página. Havia um box a respeito do método de trabalho de Pollock. Via-se uma foto dele, com o cigarro pendendo nos lábios, agachado diante de uma tela no chão, derramando tinta sobre o espaço em branco.

Nicolas voltou para a página inicial e aproximou uma das pinturas do rosto.

"Talvez tenha outro efeito quando visto ao vivo?", comentou, ainda indeciso se gostava ou não do que via.

"Sim, pode ser. Parecem enormes, os quadros. E parecem também… sabe o quê?"

"O quê?"

"O seu teste."

"Que teste?"

"O teste de Rorschach. Você precisa projetar sua interpretação."

O conhaque pareceu agarrar-se com as unhas ao descer pela garganta de Nicolas.

"Verdade", ele disse. "Por isso você associou com a pintura dos pacientes."

Ela se abaixou para juntar os outros papéis que estavam dentro do envelope e tinham caído no chão. Depois, puxou a revista das mãos dele e encarou uma das pinturas.

"Não é nada simétrico", ela disse. "Ao mesmo tempo…"

Ela virou a revista de cabeça para baixo.

"O que você está fazendo?", Nicolas perguntou.

"Veja só: se você inverte a imagem, parece que toda a composição se desestrutura."

Nicolas recuperou a revista e ficou girando-a de um lado para o outro.

"Você tem razão…"

"Pelo jeito tem algo de talento aí, não?"

"Por outro lado, parece uma pintura feita apenas com o instinto."

Ele se jogou na poltrona e aproximou o abajur da revista.

"Instinto?", Anna questionou. "Achei que você diria o inconsciente."

Ele riu e acendeu um cigarro.

"Não vai querer ver as outras coisas que ele enviou?"

"Nossa, é mesmo. Caiu no chão e eu…"

Ela entregou a ele uma série de imagens no formato de um

cartão-postal. A primeira que pegou era um retângulo vermelho com algumas faixas interrompendo a intensidade rubra. No verso, mais um recado de Johannes.

"Você precisaria estar diante do quadro para entendê-lo. Mede mais de cinco metros. Ao se aproximar da tela, parece que vai ser engolido pelo vermelho. Mas, antes de se deixar levar, você percebe as tiras que cortam a tela. É um sonho abortado."

Nicolas contemplou a imagem. Voltou a olhar o verso, com o título da pintura: "Vir Heroicus Sublimis", de Barnett Newman (1951). Anna chegou por cima de seu ombro.

"Isso não é do mesmo pintor, certo?"

"Não, não. Mas Johannes concorda com você. É preciso ver ao vivo."

"Olhe só. Vou sair do jornalismo científico e virar crítica de arte", ela disse.

Nicolas analisou com atenção as tiras, uma branca, outra preta. Lembrava alguma coisa da espectrografia que aprendera na universidade. Por que fazer um quadro todo vermelho e sabotá-lo com tiras? Por outro lado, se fosse apenas o vermelho, faria menos sentido ainda.

"Devo admitir que estou intrigado", comentou Nicolas.

"Esse não parece tão instintivo…"

"Não, pelo contrário. As tiras são perfeitas, retas… Como um zíper…"

"O primeiro era um selvagem. Esse parece um racionalista."

"Sim, mas a razão está interrompida."

"Como assim?"

"O que choca no quadro são essas interrupções."

Ela pegou a imagem em mãos e Nicolas pôde ver as outras reproduções que Johannes lhe enviara. Uma série de obras de Newman, todas seguindo o padrão de um retângulo fatiado por linhas retas. Embora fossem precisas, geravam assimetrias no retângulo. Ele folheou as imagens, até chegar à última.

Essa era em preto e branco: uma tela branca interrompida por uma tira preta. No entanto, a diferença provocou uma reação física em Nicolas. A tira não era preta por dentro. Pelo contrário, o preto vazava de forma difusa pela tela branca. Como se algo invadisse a sua realidade, algo estranho, vindo de fora, vindo de um além, de dentro da tela e da imagem. Ele botou a mão no peito.

"Está tudo bem?", perguntou Anna.

Aquelas duas linhas lembravam dois troncos de árvores no branco da neve. Nicolas olhava transfigurado para a reprodução da pintura; a fenda parecia seduzi-lo, como uma brecha, um portal.

Anna tirou a imagem das mãos de Nicolas. Ele sentiu um alívio assim que parou de observá-la.

"Intrigante", disse Anna. Ela olhou o verso. *The Station of the Cross*. Isso não ajuda muito a entender do que se trata…"

"De fato", respondeu Nicolas, com a voz entrecortada. "Não dá para entender nada."

Junto ao título da obra, Johannes tinha transcrito uma citação de Kandinsky, na qual o pintor russo reclamava de como nossa alma tinha sido oprimida por um longo período de materialismo que transformava o universo num jogo estúpido e vão, enquanto os germes da incredulidade, do absurdo e do desespero não tinham se dissipado, pelo contrário, seguiam lá, latentes, como um pesadelo no aguardo de uma pessoa para sonhá-lo.

Nicolas não obtivera nenhum avanço significativo no caso de Emil. Às vezes, a sessão de análise o entediava: Emil entrava em um discurso incoerente, alongando-se acerca de um sistema moral que não obedecia a parâmetros lógicos, discutindo sobre o ser, o ser-aí, o ser-no-mundo, o ser-no-espaço, um amontoado de termos de um jargão caótico que fez Nicolas duvidar de Emil quando este disse não ter formação de filósofo.

"Sou um autodidata, doutor."

"Ah é?"

"Parte aprendi com os livros, parte ouvi de um mestre."

"Satã."

Emil sorria.

Impressionava o doutor a tranquilidade constante de Emil. Nada o tirava do sério, nem quando Nicolas fazia perguntas de cunho íntimo e sexual. Ele não exibia certa agressividade que alguns pacientes esquizofrênicos demonstravam quando provocados em assuntos dessa natureza.

O envelope de Johannes levou Nicolas a solicitar os resultados do teste Rorschach feitos na triagem. A arte abstrata era capaz de provocar reações intensas nos espectadores, pensou, lembrando-se do impacto que a reprodução do quadro de Newman havia gerado nele, e Emil certamente devia ter projetado sua insanidade nas respostas às manchas de tinta.

A julgar pelos resultados obtidos na triagem, devidamente codificados com as letras M, F, C, Emil de fato sofria de esquizofrenia. Por exemplo, da quinta imagem, uma mancha de tinta que se assemelha a um morcego ou uma mariposa na opinião de quase todas as pessoas sãs, e que costuma ser considerada a imagem mais "fácil" pela sua literalidade, Emil tinha feito muitas interpretações diferentes. No resultado que o doutor tinha em mãos, estava um M sublinhado, movimento, e um asterisco com a anotação da pessoa que conduziu o teste: "paciente enxerga repulsa após colisão; elaborou longamente usando terminologia filosófica". Nicolas conseguia imaginar a cena. O cartão de número 9 também provocou uma reação interessante: "o paciente afirma ver a natureza inteira celebrando a chegada do Messias, que é Satã".

Nicolas pensou que seria bom refazer o teste de Rorschach, dessa vez com ele presente.

Quando Emil se encontrava de bom humor, ele não insistia tanto nos seus discursos alucinatórios. Pelo contrário, parecia querer entreter o doutor. Fazia, muitas vezes, perguntas pessoais. "O senhor é religioso, doutor?", era uma questão que retornava sempre, quase como uma provocação, e o doutor respondia com o mesmo "não".

"Por isso o senhor não acredita em Satã", disse Emil.

"Exato."

"Mas em Deus o senhor acredita?"

O doutor suspirou.

"Deve ter sido difícil", disse Emil. "Largar a sua religião. O seu Deus. É um tanto como largar a família, não?"

Nicolas o encarou, intrigado.

"Qual era o seu Deus? O Deus dos filósofos, ou o Deus de Abraão e Jacó?"

Nicolas teve a impressão de que reconhecia a diferenciação — estavam em Kierkegaard. Ou Hegel. Ou Pascal. A certeza de que Emil tinha formação em filosofia se escancarava.

"Como assim? Me explique."

"Ah, doutor, eu quero aprender alguma coisa sobre você, consigo enxergar de longe seus truques para redirecionar a conversa. Vamos, me fale do seu Deus."

O doutor ficou em silêncio.

"Eu sinto uma pequena admiração, ou talvez respeito, por pessoas que não têm Deus, pessoas que não precisam de Deus. Pessoas que dormem tranquilamente à noite, que vivem sem ser tomadas por uma angústia súbita no meio da tarde e que proclamam para quem quiser ouvir que Deus não passa de uma ilusão criada pela mente do homem."

O doutor seguiu sem dizer uma palavra.

"Pelo jeito, você não vai abrir a boca para discutir a sua cosmogonia. Mas eu sei, olhando para cada um dos médicos desse Centro, quais são os que acreditam em Deus e quais os que não acreditam. Está no olhar. Não vou dizer que estão melhor ou pior. Há aqueles que precisam e os que não precisam. Admiração eu sinto pelos que não têm Deus e fumam seus cigarros. Inveja eu sinto da arrogância deles."

"Então, com base no que você está dizendo, além de acreditar em Satã, o senhor também acredita em Deus."

Emil fez um gesto de desprezo.

"Sim, como um anão que encolhe a cada dia. Quem tem Satã não precisa de Deus. Satã surge parecendo algo menor, um filho vingativo. Mas se você se abrir para Satã, ele vai preencher cada vez mais espaço. Logo ele se torna *uno*, o eterno."

"*Adonai Echad.*"

"Noto que você foi capaz de recitar isso sem a mão cobrindo os olhos, doutor."

"Já que você trouxe o assunto, você reza a Satã?"

Emil deu um riso que o doutor classificou de histérico. Foi a primeira vez que Nicolas o vira saindo da polidez absoluta.

"Rezar!", ele disse, com os dentes arreganhados. "Que conceito estúpido! Eu não preciso rezar. Satã está em tudo e Satã está dentro de mim."

"Então por que você continua vendo-o por aí, uma criatura antropomorfizada?"

Em um instante, o rosto risonho de Emil se desfez, e sua expressão ficou solene e severa.

"É parte do ensinamento. Ele sabe que nós, humanos, lidamos melhor com imagens com as quais podemos nos identificar.

Logo ele não existirá mais como uma presença física. Logo ele será *uno* e eu estarei completo."

"Você acha que essa união final o deixará feliz?"

"Melancolia nunca foi meu problema", ele disse. "Eu sou feliz. Eu sou tremendamente feliz."

"Como os homens sem Deus que você inveja?"

"Eles não são felizes. Eles apenas conseguiram bloquear toda uma parcela da vida. Interromperam a conexão com o sagrado e colocaram alguma outra coisa no lugar. A ciência, o marxismo, a psicanálise. Cedo ou tarde, não vão aguentar a pressão da vida, ou melhor, da morte. A questão, doutor, é que eu ainda não decidi onde você se encaixa nisso tudo."

"Mas nós não estamos aqui para falar de mim."

"Não, pelo jeito não."

12.

De repente, todos aqueles físicos reunidos em Genebra, tão preocupados com quarks e neutrinos, começaram a falar de cérebros, neurônios e hormônios. Pelo jeito, uma fórmula misteriosa, conhecida por uma sigla de duas letras e quatro números, tinha transformado os loucos mais desvairados em pessoas sãs, os maníacos mais agressivos em cordeiros tranquilos, os incuráveis em pessoas curadas. Sim, a notícia percorria a comunidade científica com uma velocidade não tão menor que a da luz.

E os ouvidos de Anna se aguçaram, e ela perguntou o nome da fórmula misteriosa, e anotou no seu caderninho: RP-4560, uma substância usada para diminuir os casos de choque durante uma cirurgia de grande escala, pensada para tranquilizar pacientes antes de um procedimento invasivo, talvez uma parente da adrenalina, talvez um anti-histamínico, ninguém sabia ao certo como chamar aquela poção mágica.

Tudo o que sabiam é que sim, funcionava. Os mecanismos é que não eram compreendidos e, como qualquer ciência avançada demais, diziam, a substância era indistinguível da magia.

Mas a loucura era tratada, como uma pneumonia ao receber uma injeção de penicilina.

Anna contou aos cientistas do centro clínico onde seu marido trabalhava.

"Ouvi falar que são muito reticentes no uso de técnicas científicas lá", um físico nuclear comentou.

"Não é bem assim. Eles possuem uma máquina de eletrochoque. Apenas evitam usar."

"Eles não se interessariam, a princípio, pelo RP-4560, certo?"

"Eu não sei, mas posso falar com o meu marido."

"Faça isso, sim. Tenho um contato no Val-de-Grâce, onde realizaram os testes."

O físico tirou um cartão de visita da carteira e entregou a ela, que o guardou cuidadosamente na bolsa, pensando que o mais difícil, sem dúvida, seria convencer seu marido de qualquer coisa.

O problema Emil: o paciente era calmo, polido e afirmava ser muito feliz. Parecia, portanto, apto à vida em sociedade. Mas enquanto continuasse tendo alucinações visuais com essa figura que batizou de Satã, enquanto seguisse conversando com Satã, não poderia receber alta. Alguém na sua cidade deve ter visto Emil falando com uma parede, com um espaço vazio e, a partir daí, seu trabalho na seguradora se tornou insustentável. Como convencê-lo de que aquilo não passava de uma projeção da mente? O caso o perturbava tanto que Nicolas pensava em Emil até mesmo enquanto atendia outros pacientes, em especial aqueles cujos casos pareciam mais passíveis de uma resolução satisfatória.

Nicolas apareceu para a consulta seguinte munido das dez folhas com reproduções das manchas de tinta espelhadas.

"Ah, não, doutor, essa brincadeira de novo?"

"Sim, eu não estava aqui quando…"

"Isso não diz nada, você sabe. É tão científico como uma bola de cristal."

"Você acredita em Satã e quer defender a pureza do método científico?"

Emil deu um sorriso malévolo.

"Certo, doutor. Você me pegou. Só por isso, aceito repetir o teste. Vamos conversar sobre essas mariposas. Ou é um morcego que eu deveria ver?"

"O importante é que você me conte o que você vê, não o que eu quero ouvir."

"Quer dizer que não tem uma resposta certa? Nada que vá encurtar meu período aqui?"

"Vamos ao teste, que tal?"

A verdade é que havia, sim, respostas "certas", ou o que se designou chamar de respostas condizentes com as de uma pessoa sã, e nessa segunda vez que Emil realizou o teste de Rorschach, ele foi acertando cada uma delas, como um aluno que estudou muito para uma prova. No entanto, quando chegaram ao nono cartaz, uma imagem de três cores — acima, um laranja fulgurante; no centro, um verde-azulado; abaixo, um vermelho-sangue —, Emil se deteve. Primeiro, afastou o cartaz. Depois, aproximou a imagem dos seus óculos redondos, analisando os detalhes, como um joalheiro procurando descobrir se um diamante é falso ou verdadeiro.

"Sim", ele disse, afastando mais uma vez a imagem.

"O que você enxerga?"

"Me parece óbvio, doutor."

"O que é?"

"A criança sozinha."

O doutor sentiu uma leve tontura, uma sensação que associava à queda de pressão.

"Que criança?"

"Você também enxerga, doutor."

Nicolas não sabia se aquilo tinha sido uma pergunta ou uma afirmação. Espremeu os olhos para tentar ver.

"Abaixo, veja bem, as labaredas do inferno, ou a poça de sangue. No fundo, são a mesma coisa. A poça de sangue sobre a qual toda a nossa civilização está construída e estruturada. Os pilares de ossos. Um cemitério vertical, até o núcleo da Terra."

"Sim, sim, interessante, mas e a criança?"

"Acima, você enxerga, o que está sendo ofertado. A plenitude da glória de Satã."

"Mas que criança?"

"Ora, doutor, aqui no meio, de braços abertos, recebendo a glória de Satã. Não é possível que você não enxergue. Veja a alegria que ela demonstra. Dá até para escutar o seu riso jovial."

Nicolas puxou o cartaz para si e olhou a mancha de tinta. Por um instante, ele viu, com toda a vivacidade, a cena inteira se desdobrando em três dimensões, ocorrendo não no consultório médico onde se encontravam, mas sob os galhos dos abetos ainda verdejantes na floresta, a criança se curvava em uma postura inumana, como se não tivesse uma coluna vertebral, mas a estrutura corporal de um inseto, um exoesqueleto segmentado, e sim, Emil tinha razão, a criança demonstrava uma alegria pura, o tipo de alegria que todos algum dia viveram mas que nunca recuperariam, e a força de Satã jorrava por entre as árvores, e Nicolas reconhecia aqueles abetos, sim, eram da floresta que ficava ao lado do caminho que percorria para casa.

13.

Quando Anna chegou em casa, ficou surpresa de encontrar o marido ali, sentado na poltrona, com um charuto pela metade e uma garrafa de vinho quase no fim. Ela pendurou a bolsa no cabideiro, tirou o sobretudo e o segundo blusão de lã, caminhou até ele e deu um beijo no canto de seu lábio, atingindo mais a barba do que a boca.

"Aconteceu alguma coisa?", ela disse, sequestrando a garrafa de vinho da pequena mesa lateral.

"Não."

"Voltou mais cedo?", ela perguntou, servindo uma taça para si.

"Sim."

"Muito cansado?"

"Sim, é isso."

Ela se sentou na poltrona diante dele. Viu, aberto sobre o colo de Nicolas, o imenso tomo que ela conhecia sem precisar ver a lombada: *A anatomia da melancolia*.

"Você gosta mesmo dessa coisa velha."

"Sempre me faz rir", ele disse, com uma expressão de quem não ria há anos. "Como foi em Genebra?"

"Muito, muito interessante."

"Que bom que tem sido produtivo para você."

"Mas em outro sentido. Hoje estavam falando de psiquiatria."

"Ah, é? Físicos e astrofísicos?"

"Astrofísicos, na verdade, são…"

"Eu sei, eu sei."

"Sim, estavam falando de psiquiatria. De uma nova substância. Uma espécie de hormônio. Ou anti-histamínico, não sei bem."

"O que tratar alergias tem a ver com psiquiatria?"

"A princípio não tinha. Foi um achado acidental. Era para melhorar as chances de sucesso em uma cirurgia, para evitar que os pacientes entrassem em choque ao acordar da anestesia. Mas agora estão usando para curar esquizofrenia."

Nicolas fechou o volume do livro. Partículas de pó subiram alguns centímetros e pairaram no ar, como flocos de neve. Por mais que ele voltasse sempre ao mesmo livro, o pó que este soltava parecia não ter fim.

"Curar esquizofrenia?", ele disse, em uma voz monocórdia.

"Já sei, já sei, você não acredita."

"Lá vem mais um cientista maluco com suas terapias de coma por insulina."

"Não, parece que não é nada tão agressivo assim."

"Ah, claro, não tem efeitos colaterais, é o remédio perfeito, que entra no organismo, sobe até o cérebro e resolve apenas aquele problema mental, abstrato, sem danificar o tecido de nenhum outro órgão."

"Não, eu não conheço os efeitos colaterais. Foi uma conversa rápida que tive."

"Ah."

"Com certeza devem existir efeitos colaterais. É um remédio novo."

Ela abriu a bolsa e puxou o cartão de visita com o nome do cientista.

"Estão sintetizando na Rhône-Poulenc e testando no Val--de-Grâce", ela complementou.

Ele se curvou na poltrona, estendendo-se para pegar o cartão. Olhou o nome do cientista, seu sobrenome que indicava que provavelmente ele havia emigrado para a Suíça em busca de alguma paz.

"E esse... homem", ele disse, sem repetir o nome no cartão, "acha que um distúrbio psíquico severo, de um ego esmagado pelas demandas de uma pulsão inconsciente selvagem, pode ser tratado como uma gripe."

"Eu não sei", ela disse, então de mau humor. "Você teria que falar com ele para saber mais. Achei que você fosse se interessar. Eles disseram que vocês no Centro não se interessam por técnicas científicas."

"Você quer dizer, por violência obscurantista."

"Eu defendi vocês, sabia?"

Ela se levantou e foi para o quarto. Ele escutou o barulho da água enchendo a banheira.

Nicolas pensou em jogar o cartão longe, mas seria um gesto teatral demais. Em vez disso, apenas deixou-o sobre a mesinha lateral, e logo colocou A anatomia da melancolia sobre ele.

O doutor analisou a lista de pessoas que atenderia naquele dia. Ludwig estava ali, mas ele de fato não sabia o motivo. O paciente retornara ao mutismo dos primeiros dias. Tentou-se, outra vez, novas sessões de eletrochoque, mas a resposta não foi a esperada.

O brutamontes foi escoltado por uma enfermeira. Andava cabisbaixo, obediente, como um leão domado, e foi assim até se sentar diante do doutor, que fumava um cigarro.

"Bom dia, Lee."

Nenhuma resposta. Acima da cabeça do paciente, Nicolas acompanhava o ponteiro do relógio movendo-se em velocidade uniforme pelos números. Relógios precisos, o orgulho da Suíça, pensou.

Alguns minutos tinham se passado e Lee parecia não ter piscado os olhos. Nicolas observou suas pálpebras. Cogitou que o paciente de fato tivesse deixado de piscar. Mas então, de forma quase imperceptível, as pálpebras cobriram aqueles olhos escuros e se desenrolaram outra vez.

O cigarro de Nicolas pendia da boca. O doutor fez a cigarreira deslizar pela mesa. A enfermeira empalideceu, e Nicolas fez um sinal com os olhos de "tudo bem". A princípio, Lee sequer registrou a cigarreira. De repente, sua visão ficou cravada na tampa de prata, que reluzia com a incidência da luz esbranquiçada da neve lá fora.

"Vá em frente", disse Nicolas. "Pode pegar."

Ele demorou segundos eternos até deslocar em silêncio mortal a mão até a tampa da cigarreira, abri-la, tocar em um cigarro, retirá-lo sem desajeitar a pilha, e levá-lo à boca.

"Doutor, ele pode...", começou a enfermeira.

Nicolas, com delicadeza, riscou um fósforo e curvou-se sobre a mesa, acendendo o cigarro de Ludwig. A enfermeira hesitava entre ficar ali caso Ludwig resolvesse queimar os próprios olhos e pedir auxílio no corredor.

Ludwig tragou com vontade o cigarro, e tirou-o da boca, deixando o braço cair sobre o apoio.

"Você parece relaxado", disse Nicolas.

"Fazia tempo que eu não fumava", ele disse, gaguejando.

"Consigo imaginar. Continua bom?"

"É um vício, doutor. Depois que você está com coceira, o melhor a fazer é coçar."

A enfermeira seguia estática, talvez agora pelo choque de ver Ludwig conversando naquela voz de uma pessoa que está aprendendo a falar, testando as cordas vocais. Nicolas meneou a cabeça para que ela esperasse do lado de fora.

"Algo me diz que só tenho o tempo que durar esse cigarro para conversarmos."

"Verdade", Ludwig respondeu sem sorrir, como se houvesse algo de científico naquilo.

"Eu tenho vários cigarros aqui."

"Um me basta."

Foi a vez de Nicolas hesitar. Ele tinha poucos minutos. Como abordar um assunto que fosse relevante?

"Na última vez, quer dizer, na última vez em que você conversou comigo, depois do penúltimo eletrochoque, você falou um pouco de Iwo Jima. Você lembra?"

"Lembro que você prometeu que me faria esquecer tudo isso. Esses choques fizeram com que eu esquecesse em qual pulso se coloca o relógio e o primeiro nome da minha mãe, mas não Iwo Jima."

O cigarro queimava com uma velocidade angustiante.

"Você me falou de como odiava os japoneses."

"Sim. Uma praga. Acreditavam que o imperador era Deus. Não tinham medo de morrer. Eu conheci soldados durões do nosso lado. Gente sem medo da morte, que fazia o sinal da cruz antes de correr até um ninho de metralhadora com uma granada na mão. Nada se comparava aos *japs*. Eles eram fanáticos."

"Então você acredita que fez o bem, não? Você ajudou a nos livrar de fanáticos. Imagine o seu país dominado pelos japoneses. Imagine a Suíça conquistada pelos alemães."

Ludwig levou o cigarro à boca. A chama laranja ardia suavemente na claridade da sala.

"A Suíça é neutra. Ninguém quer saber dela. Ninguém mata crianças por ela."

Nicolas buscou sua caderneta na mesa.

"Crianças? Você matou crianças?"

Ludwig soprou um torvelinho de fumaça. Nicolas conseguiu distinguir um sorriso no meio da névoa.

"Claro, doutor. Em Okinawa, todos nós matamos crianças. Ninguém tirava as malditas crianças do caminho. Para não falar das que foram treinadas para lutar. Você explodia uma casa usada por soldados japoneses e quando entrava para ver o que tinha restado…"

O doutor olhou para o cigarro de Ludwig, que tinha apagado de repente.

"O que tinha restado…", incentivou.

"Às vezes você encontrava uma mão pequena demais. Parecia de boneca. Mas não."

Ludwig estendeu o braço e esmagou a bituca na mesa, deixando uma mancha preta na madeira. Ele se levantou com tanta polidez que o doutor achou que ia pedir licença. Saiu sem dizer mais nada, assustando a pobre enfermeira que aguardava do outro lado da porta.

No caminho entre a clínica e sua casa, Nicolas decidiu passar na *épicerie* para renovar o estoque de Hennessy e Cavaldos, e na saída testemunhou uma cena inédita até então: um cortejo fúnebre, com seis pessoas carregando com dificuldade um caixão de mogno marrom, enfrentando a neve acumulada no chão. O sino da igreja badalava e o som reverberava pelo ar gélido de toda a cidadezinha. Além dos seis, outras quarenta pessoas acompanhavam atrás. Todos deviam conhecer o morto, Nicolas pensou, estamos em um lugar de pouquíssimos habitantes, um funeral é o maior dos acontecimentos, e ele tentou imaginar o próprio funeral, quem o acompanharia, quem carregaria seu caixão além de Anna, pois não havia dúvidas de que morreria antes dela, e enxergou Jacques segurando uma alça e tentou criar outra imagem menos negativa, e então discerniu o padre, não o de sua imaginação, mas o que de fato estava ali coordenando aquele funeral, repetindo uma ladainha em um volume tão baixo que não soube reconhecer se era latim ou francês, e transpôs o padre para o seu próprio funeral imaginário, e tentou imaginar que palavras eram aquelas, o que significavam, e não se recordou de nenhuma prece ou oração cristã, apenas de uma imagem apagada da infância, seu pai em uma lamúria em outra língua diante de duas velas acesas, e o pai explicando que era algo que se dizia ao se recordar de mortos queridos, e o pequeno Nicolas quis saber o que aquelas frases estranhas significavam, o que falavam do morto, se falavam que ele ia para o céu, e o pai o interrompeu, não, não mencionam o falecido, nem mesmo a morte, apenas tratam da beleza do mundo, essa criação cujos desígnios não entendemos. Ah, e ainda assim aproveitamos para pedir que uma grande paz nos cubra. Como uma tenda, filho. Nicolas achou estranhíssimo, afinal, havia coisas mais úteis a se pedir a um deus, como a volta da pessoa perdida, ou, em vez de agradecermos, podíamos manifestar nosso ódio contra a natureza, que insiste em tirar de perto de nós as pessoas que mais amamos.

Chegando em casa, a chave caiu de sua mão enquanto segurava o saco de compras contra o peito. A neve engoliu a chave no mesmo instante. Ele suspirou e enfiou a mão naquela mescla gélida de água e lama quando escutou a porta abrindo sobre sua cabeça.

"Que momento para deixar a chave cair", disse Anna, tirando a sacola de compras do braço dele. "Vamos, se apresse, quero fechar a porta."

Ele ainda demorou para encontrar um pedaço de metal no pequeno monte. Quando entrou em casa, deparou-se com três nacos sólidos de lenha queimando. Caminhou até o fogo, tirou as luvas e estendeu as mãos, que pouco a pouco perderam o tom arroxeado.

Anna terminou de guardar as garrafas. Nicolas viu um pequeno livro sobre Einstein à luz do fogo.

"Então, ele é mesmo um gênio?", provocou.

"O que você acha?"

"Não sei muito, além de que ele disse que o tempo é relativo e que Deus não joga dados com o universo."

"Essa frase foi tirada de contexto, sabia?"

"O quê, ele não é judeu?"

"Etnicamente, sim. Mas ele pensa que qualquer religião abraâmica não passa de superstição."

"Você só pode estar de brincadeira."

"Também fui pega de surpresa. Ele acha a crença em um Deus antropomorfizado algo infantil."

"Como Freud. Exatamente como Freud."

"Sim, a figura paterna."

"Sabe, Anna, é injusto que você entenda da minha área e eu não entenda nada dessa sua nova área."

"Pelo menos, temos um ponto em comum. Nenhum de nós sabe nada de religião."

"Nem Einstein, pelo visto. Há tantas maneiras de se pensar em Deus além de uma figura humana."

"De onde veio isso?", perguntou Anna, com uma expressão falsa de uma pessoa escandalizada.

O doutor riu e cogitou falar do funeral que vira, da lembrança que o invadira. "Besteira", disse. "Um paciente na clínica. Fala sem parar de Satã. Acabo entrando em conversas teológicas sem a menor lógica."

"E Satã tem forma?"

Nicolas se lembrou da criança que vira na floresta. Enquanto buscava como reagir, Anna prosseguiu: "Ou melhor, Satã joga dados com o universo?".

"E o nazismo foi Satã acertando seis nos dados?"

Nicolas abriu a garrafa recém-guardada de Hennessy e serviu dois dedos na taça.

"Mas, afinal, o que Einstein quis dizer?", ele perguntou.

"Com a frase famosa?"

"Isso."

"Que o universo não é aleatório, que segue regras, leis físicas, leis naturais."

"Como um relógio. E ele estava certo."

Anna estendeu a sua taça de vinho vazia para que Nicolas a enchesse.

"Aí que começam os problemas."

Nicolas entregou a taça e se sentou diante dela. Ele não conseguia afastar da mente o contraste que sentia entre seu profundo desânimo interno e a empolgação que se via nos olhos de Anna quando ela falava de um assunto que lhe interessava.

"Que problemas?", ele perguntou.

"Que a nível microscópico, os cientistas estão descobrindo que Deus joga dados, sim."

"Ou talvez apenas esteja bêbado."

Anna ignorou a brincadeira. "Os dados, os cálculos… eles não fecham. Não fazem sentido. E os cientistas estão quebrando a cabeça para tentar criar uma fórmula que explique. Algo elegante."

"Como e = mc²."

"Sim, algo que até você consiga memorizar."

"Ei!"

"Mas aposto que você não sabe o que significa."

"Sei, sim. Diz que energia é igual à massa vezes a tal da velocidade da luz."

Em um movimento teatral, ela removeu um chapéu invisível da própria cabeça.

"Bravo! E que o universo é finito, pois ele se curva com o espaço-tempo."

"Aí você me perdeu de novo. Mas, certo, se o universo é finito, ele tem regras que algum dia vamos conseguir decifrar, não?"

"Sim e não. De novo, o problema é com o interior da matéria, com a composição do átomo."

"O vazio imenso que você me fez enxergar."

"Mas no fundo é impossível de visualizar. O que acontece viola qualquer lógica. É um vazio repleto de possibilidades. Toda a fundação da realidade é isso, um espaço trêmulo, onde tudo pode acontecer."

"Viola qualquer lógica humana", ele disse.

"Em oposição a uma lógica divina?"

Nicolas hesitou antes de responder.

"Estranha a todos os humanos. Alienígena. Divina, por que não? Em uma linguagem que nenhum de nós consegue acessar, como sugeriu Maimônides."

"Não faço ideia de quem é Maimônides", ela disse, mas antes que ele respondesse, ela prosseguiu: "É impossível olhar pelo telescópio, contemplar as dimensões do Universo, do qual só vemos uma pequena fração, e pensar em um Deus que se importe com os seres humanos aqui na Terra. A indiferença do Universo é imensa".

"Eu penso nisso com alguma frequência. Só não com os mesmos termos. Você fala de uma matéria escura que ninguém enxerga nem detecta, mas que está lá. Eu talvez chegue a isso por outros caminhos. Não sei. Na verdade, não sei do que estou falando. Passei por um funeral a caminho de casa. A gente sempre fica meio abalado vendo um caixão. É estúpido, eu sei. Desculpa."

Ela notou que o marido ficara cabisbaixo. "Sabe, seria uma reviravolta e tanto você virar religioso."

Ele riu.

"Até eu me surpreenderia se isso acontecesse."

"Mas daí, o que o fantasma de Freud pensaria de você?"

"Ele diria, lá vai Nicolas Legrand, o covarde que não aguentou o peso do mundo e recorreu a uma figura paterna pairando no céu! Lá vai ele para a igreja, ficar de joelhos pedindo perdão ao nada por ter mentido para o chefe!"

"Isso parece muito improvável, mesmo. Mas há uma diferença entre religiosidade e religião. Eu aprendi isso no internato, com as freiras que me surravam. É difícil não pegar nojo da religião quando tudo o que você tem são normas e freiras sádicas. Mas agora que eu fiz as pazes com esse passado, não quero achar que todo religioso é uma pessoa terrível. Quero achar que existe algo a se buscar, ainda que não concorde com a maneira dos religiosos."

"Sim", ele disse. Ficaram um tempo em silêncio. "Você quer a religiosidade de Einstein. Olhar pelo telescópio e ficar deslumbrada."

"Você sabia que o telescópio só enxerga o passado, não? A luz que chegou até nós..."

"Esconde estrelas mortas. Você já me disse. Ou eu aprendi em algum lugar."

"Isso. Talvez a melhor metáfora seja olhar pelo microscópio."

Ele andou de um lado para outro, inquieto, como se pressentisse uma noite insone. "Curioso, não? Einstein e Freud, os dois homens que sacudiram nossa vida, são judeus sem deus. Ambos criaram a sua própria cosmogonia."

"Não se esqueça de Marx", ela completou.

"Então são três judeus ateus."

"Pelo visto, para criar uma visão de mundo totalizante, não sobra espaço para um deus."

"Boa sacada. Então, além da frase de Einstein ter sido tirada de contexto, você ainda quer me dizer que ele estava errado?"

"Ele ainda está vivo e insiste que muito do que se fala de mecânica quântica é uma besteira. Ele discorda de todos os grandes cientistas envolvidos no CERN. Bom, a única certeza que *eu* tenho é de que ele deve se arrepender dessa frase sobre os dados. Saiu do controle."

"Ah, então ele brigou com a nova geração de físicos?"

"A história se repete de maneira tão previsível, não é? O discípulo mata o mestre."

"O filho mata o pai. Freud, outra vez."

"Isso, o pai Einstein, que antes era tão revolucionário, parece um velho conservador."

"Por acreditar que tudo no mundo tem sentido."

"Sim, de certa forma. Como um relógio."

"Há algo de religioso aí, não?", ele perguntou. "Panteísta, talvez?"

"Talvez. Não no sentido de que alguém de fora criou as leis da natureza, mas que elas existem, são imutáveis, regem o universo."

"E que Deus, ou seja, a natureza, está em tudo."

"Mas dizer que Deus está em tudo não é o mesmo que dizer que Deus não está em lugar nenhum?"

"Não sei", disse Nicolas, e o sentimento de empolgação que reluzira há pouco parecia ter se evaporado outra vez. Ele se levantou, mexendo nos bolsos sem motivo, fazendo tilintar a chave úmida que tinha guardado. "Não. Acho que não. No fundo, é muito diferente dizer que tudo é sagrado e que nada é sagrado."

"Por quê?"

"Não sei, apenas muda a maneira como nós vemos as coisas. Como nos relacionamos com as outras pessoas e com o resto do mundo."

"Aí eu discordo. O que importa é saber se há sentido, leis da natureza, ou se tudo é aleatório e, portanto, absurdo."

"Seguindo leis ou sendo aleatório, ainda assim há uma…"

Ele procurou a palavra pelas bibliotecas empoeiradas de sua cabeça. Como Freud se referia àquilo? Sentido oceânico? Mas no meio disso veio a lembrança de seu pai, seu velho pai, com ele no colo, seu pai falando do nome, o nome impronunciável, o nome que era um verbo, ser e estar ao mesmo tempo, o verbo que era o passado, o presente e o futuro, a eternidade em um só sopro, o sopro que é o nome.

"Dimensão sagrada?", sugeriu a esposa.

"Um sopro", ele disse.

Ela espremeu os olhos.

"Como é que é?"

Ele riu.

"Você deve achar que eu ando meio maluco."

"Não, de modo algum. Mas eu não ficaria mais tão surpresa se você acabasse virando religioso."

"Ainda parece impossível", ele disse, com a voz trepidante, e se virou de costas.

"Só não vire satanista", ela brincou, enquanto ele abria o armário e tirava um pedaço de queijo. "Espere, você está chorando?"

"Não, claro que não."

Ele começou a fatiar o queijo em uma tábua de madeira. O som da faca harmonizava com o da lenha crepitando. Não tinham o hábito de ligar o rádio.

"Eu só me lembrei do meu pai, só isso", ele disse.

"Ele era religioso?"

Nicolas se virou para ela e disse: "Sabe que, no fundo, eu não sei?".

14.

Nicolas não conseguia sair da cama. O que o prendia ali, deitado? Ele era médico, conhecia os sintomas. Ele ouvira os pacientes descreverem a situação ao longo de anos de prática clínica. Por que era tão difícil se levantar, começar o dia? O que havia de tão apavorante fora daquele quarto?

"Acorda, dorminhoco", disse Anna.

"Eu estou acordado", respondeu.

"Você vai se atrasar."

"Eu sei."

No silêncio, conseguia ouvir os pequenos flocos de neve colidindo contra o telhado. Se fechasse os olhos, era capaz de vê-los se dissolvendo, virando água e deslizando aos poucos até a calha.

"Você está atrasado, Nicolas", disse o diretor quando ele chegou na sala enfumaçada.

"Eu sei, me desculpe."

A maioria dos médicos estava de pé, todos armados com um cigarro, charuto ou cachimbo.

"Aconteceu alguma coisa? O que foi que eu perdi?"

"Notícias do Val-de-Grâce", contou Renaud.

"Ah, é? Eles pretendem comprar nossa clínica?"

"Claro que não! De onde você tira essas ideias?", respondeu o diretor, em um tom que Nicolas julgou como desnecessariamente áspero.

"O Val-de-Grâce está esvaziando", prosseguiu Renaud. "Os pacientes estão se curando."

De repente, Nicolas compreendeu o que aquilo significava.

"O novo medicamento. O RP alguma coisa", disse Nicolas.

"Você já sabia disso?", perguntou o diretor, quase escandalizado.

"A minha esposa me contou. Até peguei o cartão…"

"E estava esperando o que para nos comunicar?"

"Pensei que era… não sei, exagero. As empresas farmacêuticas dizem qualquer coisa para vender produtos."

"Como assim?", perguntou Renaud.

"Assim. Como diabos uma droga vai curar o delírio esquizofrênico?"

Todos os rostos se voltaram para Nicolas.

"Como diabos um choque na têmpora vai curar qualquer coisa?", provocou Jacques.

"Certo, então, o que sabemos do medicamento?", perguntou Nicolas.

"Do funcionamento? Muito pouco. Quase nada, para ser sincero", revelou o diretor. "Mas da eficácia, disso temos provas consistentes. Vamos receber cem ampolas nos próximos dias e estamos decidindo em quais pacientes testar."

Nicolas hesitou. Ele próprio buscou sua cigarreira para não ser o único sem aquele escudo de fumaça.

"Testar? Mas… nossos pacientes não são cobaias. Nós não conhecemos ainda os efeitos colaterais."

"Você não está entendendo", disse Renaud. "Os pacientes nas piores condições possíveis, amarrados em camisas de força, isolados, estão se curando. Se eles tiverem uma pequena dor de cabeça, ou enjoo, náusea, coceira no nariz, qualquer coisa perde relevância diante da cura. Imagine, um homem que vive há vinte anos longe da família, gritando com as paredes. Quem se importa se ele desenvolver uma pedra no rim ou uma enxaqueca?"

"Renaud tem razão, dr. Nicolas. E nossa obrigação como médicos…"

"Não venha me citar Hipócrates. O que aconteceu com o tratamento humanizado que era a proposta da clínica?"

"Nós continuaremos oferecendo um tratamento humanizado, mas…"

"Temos que admitir que só a conversa não faz milagres", disse Jacques, interrompendo o diretor.

"Estamos escolhendo os pacientes que se *beneficiarão* dos testes", falou Renaud.

"Se você fosse pontual, não precisaríamos estar discutindo isso", disse o diretor, encarando Nicolas. "Já debatemos entre nós", concluiu.

Nicolas conteve qualquer comentário maldoso sobre a obsessão dos suíços com a pontualidade.

Renaud entregou a Nicolas uma folha com a relação completa de pacientes do centro clínico, ao lado do nome do médico responsável.

"Quais são os critérios que estão sendo usados?", perguntou Nicolas.

"Em geral, pacientes que sofrem de alucinações visuais ou auditivas. Mas também pensamos em experimentar naqueles pacientes que parecem resistir a qualquer outra forma de tratamento."

"Certo. E quantos pacientes posso escolher?"

"Apenas dois."

Nicolas olhou os dez pacientes por quem era responsável e pensou. Todos o aguardavam. Já tinham feito suas próprias escolhas na uma hora e meia de reunião que ele perdera. Ele apalpou o bolso buscando uma caneta.

"Não precisa marcar, só me diga quem são e eu mesmo marco."

"Emil", disse Nicolas. "Apesar de ser um paciente tranquilo, sem indícios de mania, ele ainda diz enxergar Satã. Refiz o teste Rorschach há pouco e os resultados sugerem uma leve melhora no quadro de esquizofrenia, mas não completa. Parece que ele nunca se curará por inteiro apenas com terapia da fala."

"Certo. E o outro?"

Nicolas ponderou. "Ludwig. Não tem delírios, mas sofre de melancolia severa resistente a eletrochoque."

"O gigante americano."

"Ele mesmo."

"Certo. De acordo."

Nicolas entregou a folha ao diretor, que fez as marcações.

"Bom, se ninguém mais tem dúvidas, podemos encerrar a reunião."

"Na verdade, eu tenho inúmeras dúvidas", disse Nicolas.

"Todos nós temos", disse Jacques, que vestiu o jaleco por cima do blusão e deu um tapinha no ombro de Nicolas, encaminhando-se para a saída da sala.

O sol iluminava o céu por poucas horas antes de se esconder atrás das montanhas, e o vilarejo era coberto por uma penumbra tão espessa que realizar o trajeto pela trilha à margem da floresta não era recomendado. Ainda assim, o doutor decidiu percorrer aquele caminho, voltando para casa, às sete da noite.

A trilha era um caminho reto de terra e folhas caídas, preenchida até o outono pelas cores verdes e vermelhas das árvores, mas, agora no inverno, acima da cabeça de Nicolas só havia galhos retorcidos que pareciam, para ele, braços ressequidos de uma criatura de eras geológicas passadas.

O barulho das folhas esmagadas pelos seus pés foi substituído pelo som abafado das botas mergulhando em cinco centímetros de neve. Quando ele se voltava para a floresta, à sua direita, pensou que, se ainda houvesse algum resto de luminosidade, poderia enxergar por uma distância muito maior, de tão mirradas que se encontravam as árvores. Mas, naquela noite, tudo o que via era a primeira fila de troncos cadavéricos que formavam uma cerca natural.

Ele caminhou abraçando os próprios ombros, fazendo movimentos para cima e para baixo, tentando se aquecer. Por que tomara aquela trilha e não a estrada principal que tinha sido limpa? Ele não sabia responder, e a questão voltou a atingi-lo quando seu pé direito afundou mais do que deveria na neve.

Nicolas contemplou a perna direita mergulhada até o joelho no branco. A bota parecia presa em uma cavidade no chão. Ele fazia força para puxar a perna, mas não conseguia. Decidiu abaixar o quadril, apoiar melhor a perna esquerda. O pé direito seguia preso em algo. O frio do seu corpo deu lugar ao calor do esforço.

Com as mãos, começou a tirar blocos de neve e a jogá-los em direção à floresta. O silêncio o assombrou. Onde estavam as vaquinhas que faziam companhia à sua esquerda? Deviam ter se abrigado dentro de um estábulo. E os insetos? Também se refugiaram?

Um ruído diferente percorreu a floresta e pássaros que antes dormiam saíram em revoada. Nicolas parou de tirar neve e aguçou os ouvidos. Parecia um crocitar de um corvo. Mas por que um corvo assustaria os pássaros? Os pássaros sabiam do que fugiam. De um predador.

Nicolas se lembrou do primeiro passeio que dera na floresta, do quanto ficou assustado com um barulho que, ao final, não passava de um cervo delicado quebrando pequenos galhos. Não havia com o que se preocupar.

Ele continuou tirando blocos de neve e pouco antes de chegar à parte de cima da bota, notou que a neve estava avermelhada. Acelerou o processo de liberar espaço. O crocitar se repetiu. Olhou para o topo dos galhos e não viu corvo algum. Não era possível que tivesse se machucado, pensou, não sentia dor no pé, exceto se o frio fosse tanto que tivesse perdido a sensação dos próprios membros.

Tirou com as duas mãos um tijolo de neve e enxergou algo que parecia um galho de árvore. Tentou puxá-lo, mas era sólido e pesado, como se estivesse preso a uma rocha. Arrancou mais um naco de neve e então reconheceu o que era. O chifre de um cervo morto. A cabeça do animal era de um bege descolorido, com um olho negro arregalado que parecia fitar o doutor, e sangue ressequido na região da boca, como se o cervo tivesse sido golpeado na lateral do rosto. Seu pé se encontrava no meio daquele emaranhado de queratina.

Com um esforço conjunto das mãos e do pé direito, foi se desvencilhando aos poucos, com jeito. O pé estava quase livre quando parou para recobrar o fôlego e olhou para a direita, para as árvores mortas, e enxergou, entre um tronco e outro, um rosto.

Era o rosto da criança que vira antes, mas algo tinha mudado e ele não sabia dizer o que era, e tampouco contava com a coragem necessária para encarar a criança. Tentou puxar o pé, que ainda resistia. Ouviu algo quebrar — um galho. O rosto se aproximava, e pôde notar que a criança tinha a face quase desfigurada. Seus olhos não tinham pálpebras, e o tom arroxeado do rosto lembrava o de um cadáver, de alguém que morrera congelado. Nicolas caiu para trás. Olhou na direção onde antes vira o rosto e só enxergou as árvores. O seu pé saiu da neve. Ele tinha rompido algum dos chifres com a força da perna. Apoiou-se na neve para se erguer, olhando para todos os lados.

Ficou de pé e sentiu que o rosto desfigurado estava logo ali, ao seu lado, a uma distância de um braço do seu ombro direito. Era uma criatura pouco mais baixa do que ele. Nicolas sabia disso sem olhar. Ele não ia se virar para a direita. E ouviu o crocitar próximo como um sussurro no ouvido. Então começou a correr. A correr e a gritar, gritar alto o suficiente para bloquear qualquer ruído além das suas botas pisoteando a neve. E logo reconheceu o campanário da igreja e viu que tinha chegado ao vilarejo, que estava silencioso como de costume, sem uma alma nos quintais, sem nenhum sinal de vida além da fumaça escura cuspida pelas chaminés.

Não foi direto para sua casa. Em vez disso, vagou pelas poucas ruas do vilarejo, trêmulo, e virando-se para trás frequentemente. Não havia ninguém nas ruelas, o que primeiro pareceu um alívio, pois ninguém o veria naquela condição, mas logo aquilo ganhou os contornos de um pesadelo, como se ele tivesse morrido e agora habitasse um inferno gélido e solitário.

Localizou à distância o bar Le Papillon, nenhuma luz acesa dentro do local. Aproximou-se e viu uma placa mencionando o horário de inverno: abririam em quinze minutos.

Tirou o acúmulo de neve do banco de ferro da praça e se sentou ali, seus ombros tensionados pelo frio inclemente e pelo vento que fazia os flocos de neve dançarem. Se alguém o visse assim, pensou, essa pessoa não teria dúvidas de que Nicolas enlouquecera. Voltar para casa, no entanto, parecia impossível.

Ele tentou racionalizar o que vivera; havia uma ampla literatura a respeito de fenômenos alucinatórios visuais. O diagnóstico sempre apontava para distúrbios psíquicos de natureza esquizoide. No entanto, ele não tinha histórico de loucura na família, exceto se fosse possível contabilizar seu pai, o alcoólatra, como um melancólico. A única certeza era de que havia vivenciado um fenômeno alucinatório, de que aquela criança não podia estar lá, de fato, abandonada na floresta. A imagem voltava à sua mente, trazendo calafrios. Ele vivenciara um fenômeno alucinatório, sim, mas o que o provocara?

Lembrou-se dos tempos de estudante de psiquiatria, de ter lido a respeito da síndrome Lasègue-Falret, também conhecida como *folie à deux*, na qual alucinações eram transmitidas de uma pessoa a outra, em uma espécie de histeria esquizofrênica coletiva. E lembrou-se de Emil, o sereno Emil, e pensou que ele, Nicolas, estava tudo menos sereno. Que era impossível acostumar-se a uma visão daquelas — o nome de Satã pulsou em sua mente — e permanecer tranquilo. Emil era um caso enigmático não apenas pelo que via, mas porque não demonstrava ser tomado por emoções fortes ao abandonar as fronteiras da realidade.

Uma luz fraca emanava pelo vidro da frente do Le Papillon. Estava aberto, embora Nicolas não tivesse sentido os quinze minutos se passarem. Ergueu-se com dificuldade, e chegou a achar que suas calças tinham grudado em uma fina camada de gelo que cobria o banco.

Ele hesitou: entrar no Le Papillon significava a possibilidade de encontrar algum colega de trabalho. Por outro lado, podia ser a certeza de que não estava preso em um pesadelo.

Andou até lá, alternando entre uma caminhada vagarosa e passos largos e decididos. Assomou o rosto no vidro, colocou as mãos enluvadas acima dos olhos e enxergou as estantes repletas de garrafas de líquidos de cor amadeirada, as três mesas, o balcão do bar, e o local esvaziado de seres humanos.

Abriu a porta e caminhou até o balcão. Enxergava dali um corredor escuro que conduzia à cozinha. Viu que havia uma pequena campainha. Tocou uma vez e escutou apenas o silêncio do local. Apertou uma segunda vez logo depois, ansioso. Quando ia pressionar pela terceira vez o minúsculo sino, a garçonete, uma senhora refugiada de algum país do Leste Europeu, andou na direção de Nicolas.

"Achei que o frio fosse afastar todos os clientes. Quase não o vejo por aqui, doutor", ela disse, e suas frases foram tão tranquilizantes que ele colapsou sobre uma banqueta.

"Noite difícil?", ela perguntou. Nicolas estava com a cabeça entre os braços cruzados. "Não precisa responder", ela continuou, e puxou uma garrafa de Unicum.

Nicolas levantou os olhos. "O que é isso?"

"Uma bebida boa. Vai aquecer. Pode confiar."

Nicolas contemplou o rótulo da bebida, uma cruz preta sobre vermelho.

"É suíça?", ele perguntou.

"Não, embora lembre a bandeira de vocês. É húngara."

Ela serviu a bebida transparente em uma pequena taça e Nicolas a bebeu de um só gole. Seu rosto se contorceu com o amargor das ervas.

"Gostou?"

"Posso ser sincero?"

"Claro."

"É talvez a pior bebida que já tomei na minha vida."

Ela riu e serviu uma dose para ela.

"Me conte, doutor. Os loucos também estão deixando o senhor

louco? Sempre penso que eu mesma ficaria meio doida se tivesse que conviver todos os dias com gente que acha que é Napoleão."

Nicolas apontou para a garrafa de Calvados na estante atrás dela. Ela o serviu e ergueu o seu copo para que brindassem. Nicolas sequer percebeu. Ajeitou-se no banco e estava indeciso se devia chorar ou gritar.

"Você não é muito de conversar. Notei da outra vez. Ao contrário dos seus colegas."

"Não é isso", ele disse.

"O que foi, então?"

"Essa cidade..."

"Isso não é uma cidade, doutor, é uma vila no meio do nada."

"Ela não tem me feito bem."

"Ah, o famoso inverno. Dizem que é capaz de tirar até o Papa do sério."

Nicolas provou o Calvados, que foi apagando o gosto tenebroso do Unicum. "Por que você diz isso?", ele perguntou. "Lá no Centro, todos riram de mim quando falei que o inverno mexe com a saúde mental dos pacientes."

"Ah, doutor, se você não sabe, quem sou eu para dizer?"

"Diga, por favor. Estou realmente curioso."

"Bom, em primeiro lugar, tem a escuridão predominante." A maneira como ela disse essas palavras levou Nicolas a pensar que ela aprendera francês lendo romances do século XIX. "Esse frio desgraçado que não parece ser adequado para a vida humana. Nós precisamos nos encher de casacos para conseguir andar cem metros. Mas o pior de tudo é o vento."

"O vento?"

"Sempre tem vento, é claro, mas quando o vento bate nessas árvores mortas, o chiado que elas produzem... É de outro mundo."

"Nunca percebi isso."

"Não é de Deus", ela disse.

Ele terminou sua taça de Calvados e ela se apressou em servir uma terceira dose.

"Você é religiosa?", ele perguntou, depois de alguns minutos de silêncio, com a bebida já tendo aquecido suas extremidades.

"Uma mulher pode morrer por afirmar uma coisa dessas."

"Como assim?"

"Aqui na Suíça não. Mas em outros países onde proibiram qualquer religião. De onde eu vim."

"O plano de Stálin, certo? De eliminar toda educação religiosa. Achei sensato, na época."

Ela gargalhou, ofendida. "Sensato? Por quê? Por que diabos seria sensato, doutor?"

Nicolas parou. Por um momento, sentiu uma vontade imensa de ficar em silêncio, sem mergulhar em outra discussão, fosse ela política ou filosófica. Por outro lado, precisava afastar as imagens da sua cabeça, e quando focava em uma conversa, acabava deixando os próprios sentimentos de lado. E pensou, então, que talvez sua opção por virar um psicanalista após se graduar em medicina tivesse um pouco a ver com isso, com o fato de que uma conversa a dois o afastava de qualquer angústia que pudesse consumi-lo por dentro.

"Sensato", ele continuou, "porque estão tentando construir um novo país, um novo mundo, uma nova maneira de se relacionar com as pessoas."

"Não vá me dizer que você é membro do Partido, doutor."

"De jeito nenhum, só quero dizer que estão focados no trabalho, em uma ética construída a partir da relação entre um homem e outro."

"Você fala igual a um dos membros de carteirinha."

"Eles construíram sua própria ética. Não dependem de uma moral importada de costumes religiosos cristalizados em um livro de milênios atrás."

"A Bíblia. Em vez do livro de Lênin."

"Isso. Quanto de cultura não foi filtrada para a Bíblia? O quanto é a voz de Deus? Você realmente acha que comer camarão é pecado?"

"Nunca comi camarão, doutor."

"Ou carne de porco. Mas esqueça as regras da comida. Você acha que uma criança malcriada deve ser levada para um monte para ser apedrejada?"

"A Bíblia não diz isso."

"Com todas as letras. E o que falar das filhas de Ló?"

"As que repovoaram a terra?"

"Depois de embriagarem o pai para terem relações sexuais com ele."

"Você conhece a Bíblia melhor do que eu, doutor."

"Como podemos definir nossa moral a partir dela? Stálin tem razão ao ridicularizá-la. Marx disse bem: só traz uma falsa consciência que nos impede de ver o mundo pelo que ele é."

"Repito. Estou chocada. Não imaginei que o senhor fosse marxista."

"Não sou", ele insistiu. "Não vejo a realidade apenas como luta de classes. É uma maneira muito pobre de ver o mundo."

"Ainda bem. Imagino que o senhor seria um péssimo psiquiatra se acreditasse nisso."

"Exato", ele disse, enrolando a língua. "A maior parte do que nos move está no inconsciente."

"Ao qual não temos acesso."

"Só através de alguns lapsos, detalhes que vazam para o consciente. Dos sonhos."

"E ainda assim, você vem aqui, no meu bar, e diz que concorda com Stálin. Podia ser pior. Podia ser com Hitler. Você podia vir aqui no meu bar dizer que o *Mein Kampf* é uma fonte de códigos éticos melhor que a Bíblia."

A mulher suspirou. Só então Nicolas notou que fora insensível em seu julgamento: ela não era uma garçonete. Tinha aberto aquele lugar por conta própria. Tinha fugido de uma situação intolerável em seu país e vindo para outro onde não conhecia a língua, para um meio do nada na Suíça, e conquistado aquele local. Podia ter sido uma professora, uma médica, até mesmo uma cientista, mas seu exílio a fez abandonar a profissão.

Por pior que fossem os alimentos servidos no Le Papillon, por mais doces que fossem as sobremesas, por mais feios que fossem os pratos, aquela mulher resistira. A fuga dela para a Suíça, pensou Nicolas, não era como a sua, a fuga da covardia. Ele notou um pingente com uma cruz pendendo sobre o peito sardento dela.

"Desculpe. Há muita coisa que não sei sobre o bloco soviético", disse Nicolas. "Falo como um espectador de fora."

"Em primeiro lugar, doutor", ela falou, irritada, ignorando o pedido de desculpas, "vamos voltar à questão da moral. O Novo Testamento mudou muita coisa. O filho de Deus, que andou entre os homens, não é como o pai, vingativo e violento."

"Eu sei disso."

"Claro que você sabe. Mas há outra coisa mais importante que você não leva em conta, doutor. Religiosos não são cordeiros que seguem ao pé da letra tudo que está dito."

"Mas a Bíblia não é um documento sagrado? Você precisa escolher se é sagrado ou se é apenas um objeto cultural."

"Sim, a Bíblia é sagrada, mas cada leitor faz a sua própria leitura, a sua própria Bíblia. É mais uma conversa do que um documento. Uma conversa conosco, que vai mudando ao longo do tempo."

"A cultura muda, e a interpretação da Bíblia também."

"Detesto esse tom arrogante do senhor. E de seus colegas, na verdade. Vocês não entendem, porque não estão abertos. Imagino como são suas consultas."

Nicolas afastou o copo, abalado com o tom que ela adotara. "Como assim?"

"É claro que o senhor não vai ter uma experiência religiosa lendo a Bíblia, rezando, ou qualquer coisa assim. Nem se Jesus batesse na porta do meu bar. Você não está aberto a isso. Com a Bíblia, que você acha pior que os escritos de Lênin, é a mesma coisa. O leitor precisa entregar uma parte de si para que a conversa seja possível."

Nicolas se viu tomado por uma raiva que acabou transparecendo. "Ou seja, ele precisa ceder. Precisa ignorar a razão e…"

"Nada disso, doutor. Você não está me escutando. Vou botar a culpa no álcool, pois quero pensar que o senhor é uma pessoa melhor do que isso. O que eu quero dizer, repito, é que é preciso estar aberto, apenas isso."

"Para que Deus fale com a pessoa?"

"Deus não está ansioso para falar com você, doutor, nem com Stálin. Mas você está disposto a ouvir, em primeiro lugar?"

Nicolas se reclinou melhor sobre a banqueta.

"Não."

"Então você está com o corpo fechado para qualquer experiência religiosa ou mística."

"Acredito que sim."

"Doutor, espero que você nunca passe por uma experiência incomum, inexplicável. Você não saberia como lidar com ela tendo essa mentalidade."

Ele estremeceu ao lembrar-se do rosto desfigurado do menino na floresta.

"Eu tenho as ferramentas da ciência."

"Sim, dizer que a pessoa está louca e prendê-la na sua clínica."

"As pessoas não estão presas. Elas podem sair. Elas foram buscar tratamento."

"E o senhor tem tido sucesso na cura, doutor?"

"Às vezes, sim. Às vezes."

Ela serviu uma dose para si e outra para ele. "Vamos fazer uma trégua", ela disse, erguendo o copo para um brinde. Dessa vez o doutor brindou.

"Ao senhor", ela falou. "Para que o senhor tenha razão. Stálin não. Stálin pode queimar no inferno, por mim. Mas que o senhor tenha razão e que, graças a isso, consiga salvar a vida de muitos pacientes. Quanto a mim", ela disse, pondo a mão direita sobre o peito, "eu continuarei com a minha razão."

Eles beberam em silêncio, e Nicolas refletiu acerca dessa sua idiossincrasia, de adotar posições antagônicas em uma conversa conforme o interlocutor. Diante da esposa, a aprendiz de cientista, ele argumentava a favor da metafísica. Diante dessa mulher religiosa, provavelmente perseguida por causa de sua religião, ele encarnava o ceticismo freudiano. Havia duas possibilidades que Nicolas delineava: ou ele gostava da discussão pela discussão, ou suas certezas em si cada vez mais se derretiam, e sua reação inconsciente era a de alternar entre posturas antagônicas, como um bêbado que cambaleia ao caminhar pela neve.

"Que horas são?", ele perguntou, de repente, com o copo vazio. Ela respondeu. "Preciso ir para casa."

"Sim, sua esposa deve estar preocupada."

"Quanto eu devo?"

"Fica por conta da casa", ela disse.

"De modo algum", ele falou, puxando a carteira do sobretudo de lã preto. "Ainda mais quando sei que fui inoportuno."

Ele largou as moedas sobre o balcão. Ela as recolheu, deu as costas e avançou pelo corredor escuro até a cozinha. Ele deixou a taça vazia sobre o balcão e saiu do Le Papillon, pensando que agora precisaria lidar com aquilo que vivenciara às margens do bosque, deveria refletir se tinha, quem sabe, perdido a sanidade, se Emil o contagiara, e que, em breve, não seria apenas a melancolia a dominá-lo, mas também a psicose, ou como as pessoas comuns chamavam, a loucura. E se ele tinha as ferramentas para o diagnóstico, também devia possuir as ferramentas para a cura.

Ao chegar em casa, sua esposa estava radiante, e correu para abraçá-lo, e ele contemplou todos aqueles livros abertos sobre a mesa, o poder que ela tinha para encontrar sentido, um código cósmico, e sentiu uma inveja furiosa, e ela perguntou se ele estava desanimado e ele respondeu que não, e entrou no quarto e só então se lembrou de tirar o casaco pesado que fazia seus ombros afundarem.

15.

"Como você está se sentindo?", Nicolas perguntou em uma manhã frígida.

"Excelente, doutor. E o senhor?", respondeu Emil.

"Queria ter o seu bom humor, Emil. Ou a sua disposição."

Ele deu um sorriso infantil.

"Alguma novidade que você gostaria de compartilhar?"

"A terapia de arte do doutor Peter está me entretendo. Acho que tenho uma habilidade para as artes. Quem diria, um homem tão burocrático. Minha esposa não vai acreditar quando vir os desenhos."

"Ah é? Não sabia que Peter estava aplicando de modo geral essa terapia."

"Ele deixou um cartaz na sala social para os pacientes dizendo que todos estavam convidados. Pensei que seria uma boa maneira de passar o tempo. Melhor que ficar ouvindo rádio. Você deveria pedir para as enfermeiras botarem em outra estação, doutor. Eu peço, elas não me escutam. Só programas sentimentais em francês."

"Eu adoraria ver um de seus desenhos."

"Por que não? Trouxe alguns aqui. Você vai achar que estão fora de moda, é claro."

Foi então que Nicolas percebeu que Emil estava agarrado a uma pequena pasta de papelão pardo. Emil fora para a sessão especialmente com o intuito de mostrar suas pinturas.

"Em que sentido?", perguntou Nicolas.

"Não são abstratos como Pollock ou Rorschach."

"Rorschach não é exatamente um artista. E estou impressionado que você conheça a obra de Pollock."

Emil deu outro sorriso, dessa vez nada infantil, mas arrogante, ou talvez condescendente. "Como eu não conheceria? Você não acha fascinante, doutor, que na época do triunfo da razão e da ciência, da bomba nuclear, da fissão do átomo, nós estejamos abrindo portais para outro mundo nas artes visuais?"

As expressões de Emil pareciam ecoar o discurso de Kandinsky.

"Você também é um autodidata na arte?", perguntou Nicolas.

"Sem dúvida, doutor, sem dúvida. Sou um autodidata em tudo que não sejam os números. Números foram a conjunção de talento com estudo. Por sinal, o senhor acha que Pollock é louco como eu?"

"Não sei, você ainda não me mostrou nada."

"São desenhos à moda antiga", Emil disse. "Paisagens. Figurativos."

"Deixe-me ver", Nicolas pediu, estendendo a mão.

Emil entregou a pasta. Nicolas abriu-a e tirou algumas folhas. Apesar da recusa ao abstracionismo, Emil escolhera a técnica da aquarela, que conferia um aspecto impreciso às suas pinceladas. Na primeira imagem, era possível ver uma cidade grande e movimentada. Um traço certeiro feito com bico de pena criava os contornos dos prédios e delimitava as manchas de aquarela.

"Zurique?"

Emil assentiu.

Na segunda imagem, pinturas que tinham sido feitas no local: a vista das janelas da clínica. As plácidas vaquinhas; a floresta, em sua vastidão de roubar o fôlego. Outra, de muito bom gosto, retratava as montanhas que se enxergava a Oeste. Emil capturara muito bem a cintilância do sol refletindo no branco da montanha, alternando entre pintar e não pintar, ou seja, utilizando o branco da folha como um elemento figurativo.

Na quarta imagem, via-se a trilha que o doutor às vezes percorria, antes de ser coberta pela neve, com as árvores plenas de folhas verdes e vermelhas. Na quinta pintura, a trilha que margeava o bosque aparecia sob o mesmo ângulo. No entanto, a imagem capturava o inverno, as árvores definhando, a neve espessa. Na trilha, porém, um pequeno detalhe direcionou os olhos do doutor. Saindo do chão, um pequeno fio marrom. Nicolas aproximou o rosto. Era impressão ou aquilo parecia o chifre de um cervo?

"O que é isso que você registrou na neve?"

"Onde?", perguntou Emil.

Nicolas estendeu o desenho, com o dedo trêmulo apontando para a linha espiralante marrom.

Emil puxou para si a imagem, aproximando-a de seus óculos tartaruga.

"Ah, isso marrom?"

"Isso."

"Acho que foi um erro."

"Como assim, um erro?"

"Sou novato, doutor, não me julgue com a severidade de um crítico profissional."

"É só porque não pareceu um erro."

"Porque diabos eu faria um traço marrom no meio da neve?"

"Não sei."

"Eu também não, doutor."

Emil devolveu o desenho a Nicolas, que o guardou, desemparelhado, com os outros na pasta, e a devolveu a Emil.

"Então, o que acha? Tenho futuro como artista?"

O doutor estava em silêncio.

"Poxa, doutor, está tão ruim assim?"

"Não, não é isso."

"O que foi, doutor? Você parece preocupado."

Nicolas procurou um cigarro e acendeu. Ofereceu um a Emil, que recusou.

"Precisamos falar a respeito do seu tratamento."

"Ah, sim. Temos que avançar, doutor. Não me leve a mal, mas estou ficando ansioso para retornar às minhas atividades."

"Assim que você estiver bem o suficiente para a alta."

"Ou que eu convencer que estou bem o suficiente."

"Dizer isso não ajuda em nada, sabia?"

Emil riu. "Claro. Desculpe. Mas acredite em mim, doutor. Eu sou sincero. Sempre."

Nicolas encheu a boca de fumaça.

"Surgiu uma nova terapia medicamentosa", disse. "Seu sucesso na França tem deixado todos os psiquiatras chocados. Resultados impressionantes em casos difíceis."

"Confiando na ciência, doutor?"

"Você será cobaia, Emil. Não vou fingir que não. Você terá que assinar um papel dizendo que consente um tratamento experimental."

Emil encarou-o nos olhos.

"É doloroso?"

"Não, apenas uma injeção."

"Certo." Emil pediu um cigarro. "Doutor, assim como jurei ao senhor que seria sincero, quero que também seja comigo: se eu tomar esse remédio, acha que tenho chance de sair mais rápido daqui?"

Nicolas ponderou. "Não sei. Eu fui resistente. Não acredito que um medicamento sintético possa curar as aflições da mente. Mas a evidência empírica parece indicar o contrário. Há relatos de alas inteiras de esquizofrênicos sendo esvaziadas nos sanatórios franceses. E quase não há efeitos colaterais registrados."

"Ora, veja só! O que estamos esperando? Vamos, juntos, abraçar a ciência, doutor! Onde eu assino?"

"Fico feliz de ver sua empolgação."

"Ando de excelente humor, mesmo."

"Mas o que importa para a aplicação desse novo medicamento... Os sintomas..."

"Ah, você quer falar dos fenômenos alucinatórios, doutor. Diga logo."

"Sim. Isso. Eles persistem?"

"Eles mudaram."

"Ah, é? De que maneira?"

Nicolas abriu a caderneta sobre a mesa e deixou o lápis de prontidão.

"O isolamento me faz enxergar menos Satã. Mas agora consigo ouvi-lo com muita nitidez. À noite, enquanto as pessoas dormem. Eu abro os olhos e quase o vejo, na bruma da escuridão. Ele está ao lado da minha cama, sussurrando no meu ouvido. Apesar de ser um cochicho, a voz dele é firme e grave."

"E o que ele diz?"

"Ele me conta dos planos que tem para nós."

"E que planos são esses?"

"Ele fala de como o mundo está se deteriorando e como

cabe a nós impedir isso. Como precisamos refundar a Suíça, reconstruir a Basileia."

"Interessante."

"Isso significa que sigo elegível para o remédio?"

"Sim, significa. Vou chamar agora a enfermeira para ela já trazer a papelada e a primeira ampola."

"Doutor..."

"O que foi?"

"Não vai doer mesmo?"

Emil tinha retomado seus trejeitos infantis.

"De modo algum. Só uma picadinha."

"Ainda bem. Detesto sentir dor."

"Não se preocupe."

"Não estou preocupado."

Nicolas não voltou para casa pelo caminho da floresta. Em vez disso, contemplou a trilha a uma distância segura, e andou pela estrada principal, cumprimentando os moradores, na sua maioria idosos, que saíam da igreja para dar uma volta e respirar o ar fresco, aproveitando que não caíra neve naquele dia e que a temperatura se tornara suportável. No caminho, pensou na covardia que era se recusar a percorrer a trilha por medo de que o irracional o dominasse outra vez. Precisava decidir se estava louco de fato ou não, e desviar do problema era apenas uma mostra de sua fraqueza.

Ele executava algo que ensinara aos seus pacientes, a compartimentalização: separava toda uma gama de sentimentos e os isolava do resto de sua vida. Pensou em Emil, e no quanto ele poderia ter continuado exercendo seu trabalho e vivendo sua vida ordinária se não tivesse compartilhado seus delírios, se eles não tivessem vazado para a sua vida profissional e afetiva. Era possível ser louco em silêncio. No seu próprio caso, pensou Nicolas, bastava dosar a covardia. Nicolas ponderou que sempre fora muito bom em usar toda a covardia que guardava dentro de si quando o momento pedia.

No dia seguinte, foi a vez de convencer Ludwig a assinar o documento aceitando ser cobaia do RP-4560. O doutor explicou tudo para ele, ciente de que ele compreendia cada minúcia, apenas não demonstrava isso com palavras ou o menor traço de expressão. Duas pessoas o estavam cercando quando o papel que ele devia assinar foi entregue. Ele segurou a caneta como se pesasse mais do que um blindado de guerra, e demorou para colocar apenas o primeiro nome, pouco antes de deixar a caneta cair sobre o papel. Uma enfermeira com uma seringa e uma ampola já preparava a primeira dose. Ludwig não reagiu quando a agulha foi espetada em sua veia.

À noite, deitado no escuro, escutando a respiração leve de sua esposa, Nicolas pensou na visita da madrugada da criatura que conversava com Emil, e de repente sentiu um medo primitivo do escuro, das sombras que se moldavam no quarto, da noite em si. Ele se virou para o outro lado e encarou a persiana de madeira fechada. No entanto, ela não estava tão próxima assim do vidro. Havia uma fresta, sim, Anna não a fechara por completo. E Nicolas refletiu se deveria se virar para o lado oposto, onde sua mulher dormia, com uma respiração pausada, ou se deveria passar a noite vigiando a fresta da persiana, por onde alguns dedos ou garras de uma criatura poderiam aparecer, com suas unhas desiguais e corroídas, e bater com suavidade no vidro.

16.

Os relatos não paravam de chegar, espalhando-se com a rapidez de boatos infundados.

Hospícios franceses logo se tornariam museus, comentou um diretor de um sanatório. "Casas imensas de quando a loucura era um universo inalcançável, e o máximo que podíamos fazer era afastar esses indivíduos da sociedade, agora se converterão em longos corredores e salas vazias, testemunho de nossa ignorância científica."

O colega psiquiatra que trabalhava nos Estados Unidos, Johannes, mandou uma carta a Nicolas perguntando sobre o RP-4560, dizendo que só se falava disso por lá, e refletia: "Será que justo agora que a terapia da fala freudiana fincou raízes em solo americano, um medicamento acabará com tudo isso? Não há nada que americanos gostem mais do que soluções mágicas".

Emil recebeu doses diárias de RP-4560 por uma semana. Nas conversas, Nicolas não percebeu evolução alguma. Emil sempre desatava a falar da filosofia esotérica que uma criatura sussurrava em seu ouvido, da sua posição como articulador de Satã, libertador da razão e da técnica, na sociedade do futuro.

Nicolas e Anna decidiram tirar um fim de semana e ir a uma estação de esqui ali perto. Ele pensou que a distância do Centro, ainda que por apenas dois dias, faria bem para sua sanidade.

Abrigaram-se em um chalé amarelo que servia aspargos, de um jeito ou de outro, em todas as refeições, e cujo entrecôte custava quase uma diária. Ele não sentia vontade de esquiar, mas Anna logo foi seduzida pelas curvas dos montes e decidiu fazer uma aula de esqui, um esporte que não praticava desde a adolescência, alugando toda a parafernália necessária, desaparecendo naquelas roupas reluzentes. Ela insistiu para que ele fosse junto, mas o máximo que conseguiu foi fazê-lo pegar a Leica na mala e tirar uma foto dela sorrindo ao lado dos esquis.

Enquanto Anna caía gargalhando de prazer na neve, Nicolas ficou a sós, caminhando do bar da pousada até o ponto de embarque do teleférico. Bastava ficar sozinho diante daquela imensidão de neve e ele logo parecia enxergar que, ao caminhar sobre a montanha, estava pisoteando inúmeros cadáveres de cervos, que toda a extensão da Suíça era um imenso cemitério oculto pela neve. Pensava que, quando voltassem, mesmo o vilarejo estando situado à beira da montanha, a neve estaria lá, era onipresente, com seu brilho ofensivo. Por um momento, imaginou a Europa inteira coberta de branco e sentiu náuseas.

Anna percebia que algo perturbava Nicolas, e perguntava várias vezes o que o incomodava, e ele se sentia culpado por não poder ser uma companhia leve e divertida naquele momento de descanso. Ela sugeriu, em um jantar, colocando em palavras aquilo que já pensava havia muito tempo, que Nicolas talvez sofresse de melancolia e que talvez o trabalho o estivesse afetando.

"Se é verdade, por que não me sinto melhor quando me

afasto do trabalho?", ele perguntou, feroz. Os casais nas mesas ao lado olharam para os dois, e Nicolas emudeceu, cravando o garfo contra os aspargos.

"Tem que haver alguma coisa...", disse Anna, em voz baixa, "alguma coisa que o ajude."

"O que você sugere? Que eu me consulte com um colega?", perguntou, rindo.

Ela engoliu em seco. "Só acho que se você está infeliz lá e segue infeliz em uma pousada de esqui..."

"O quê?"

"Acho que você precisa encontrar uma maneira de parar de se sentir assim."

"Não estou infeliz. Que besteira."

"Não?"

"Não", ele respondeu. "Tenho tudo na minha vida. Não posso reclamar de nada."

Ela fez sinal para o garçom trazer a conta. Sorriu e apontou para algo atrás de Nicolas, e ele se virou e viu à distância um ponto preto na montanha nevada, um animal, talvez uma cabra, parada ali, no centro de um triângulo reluzente, e se perguntou se o animal estava subindo ou descendo, ou se era capaz de escalar a neve, em primeiro lugar.

Ela separou os bilhetes e as moedas e os deixou sobre a bandeja de metal que veio com um papel rabiscado com o número de francos suíços.

No trem de retorno a M_____, Nicolas notou que uma distância crescia entre ele e Anna, e que se algo não mudasse, logo se tornaria um abismo que ponte alguma seria capaz de transpor. Ela dormiu o caminho inteiro de volta, enquanto ele observava a noite glacial pela janela.

"Então, como passou o fim de semana, doutor?"

"Bem, Emil, bem. E você?"

"Senti sua falta, sabia?"

"Ah é, por quê?"

"Você costumava passar aqui no domingo para conversar."

"Decidi tirar uns dias de folga."

"Sim, mas justo quando eu tenho algo para contar."

"O que foi, Emil?"

O paciente ajeitou os óculos no rosto. Sua voz parecia ainda mais tranquila do que de costume.

"Ele desapareceu."

"Quem?"

"Quem, doutor? Satã."

"Como foi isso?"

"A voz dele estava ficando cada vez mais fraca. Primeiro eu pensei que as lições dele tinham chegado ao fim, que eu atingira o último estágio na minha educação, mas não, ao mesmo tempo ficou claro que ainda havia muito que ele gostaria de me dizer. Porém, o canal de contato com ele foi ficando mais e mais fraco. À noite, acordei e tudo que vi no quarto foram os outros pacientes. Os barulhos de tosse, de gente se revirando nas camas. Barulho de lençol roçando no cobertor. Satã não estava ali."

"Interessante", disse o doutor, sem se dar ao trabalho de anotar na caderneta. "E você saiu em busca dele?"

"Sim, pedi para dar um passeio, acompanhado de uma enfermeira, é claro."

"E por onde você andou?"

"Caminhamos ali pela trilha que liga a clínica à cidade. Não a principal, a outra, que margeia a floresta."

"Sim. Interessante. Costumo percorrer a trilha."

"Eu sei."

"E o que você viu lá?"

"Árvores mortas no inverno. E escutei o vento. Como é forte o vento na base da montanha, não, doutor?"

"Sim. Mas não viu…"

A imagem da criatura relampejou na mente de Nicolas, com mais clareza do que quando a vira. Seus olhos sem pálpebras mostrando dois globos negros esbugalhados, contendo a escuridão inteira do universo.

"Nenhum fenômeno alucinatório?", perguntou Emil. "Não, nada."

"Um progresso, sem dúvida. Você acha que pode ser por causa do remédio?"

"Pelo que mais seria, doutor?"

Nicolas pensou que era uma indireta na qual Emil o acusava de incompetência enquanto psicanalista.

"E você…", disse Nicolas, "sentiu falta?"

"De Satã?"

"De quem mais?"

"Sim, em um primeiro momento. Tanto que parti em busca dele. Mas depois pensei que isso significava que eu estava curado."

"Calma, vamos ver se…"

"Sim, temos que esperar para ver se de fato os fenômenos alucinatórios desapareceram por completo. Mas pela primeira vez em muito tempo, senti esperança de que podia voltar à minha vida, à família, ao trabalho que tanto prezo."

"Que bom. Muito importante."

"Sim, não seria milagroso? O velho Emil de volta à sociedade. Alguns colegas me tratariam com preconceito, talvez, mas logo eu me mostraria útil."

Nicolas concordou.

"Você não parece animado, doutor."

"Claro que estou", ele respondeu, monocórdico.

Pouco antes, Nicolas recebera a visita de Ludwig, que manteve seu mutismo e sua melancolia profunda. As doses de RP-4560 pareciam não afetar em nada seu humor. No entanto, sempre que a enfermeira o injetava com a substância, Nicolas parecia enxergar nos olhos de Ludwig alguma esperança, alguma fé que aquele medicamento seria capaz de tirá-lo do lodaçal de sofrimento e trauma. Se a poção mágica conseguia eliminar as ilusões da mente de um psicótico, reerguendo as barreiras entre a realidade e o delírio, por que não teria efeito naquele oceano de tristeza?

"E tudo graças a um líquido incolor que nem nome tem, só letras e números!", Emil continuou.

"Na verdade, me disseram hoje que a substância acaba de ser batizada de clorpromazina e que deve chegar ao mercado em breve, assim que os laboratórios conseguirem produzir o medicamento em escala industrial."

"Que curioso. Os cientistas passam dias, semanas, meses bolando um nome e o nome segue sem me dizer absolutamente nada."

"Acho que só um químico encontraria sentido nisso."

"Sim. Um químico. Não um psiquiatra, certo, doutor?"

Nicolas sorriu pela primeira vez durante a consulta.

Depois de três semanas demonstrando estar se sentindo "completamente normal", nas próprias palavras, Emil pediu para ser avaliado a fim de receber alta. Nicolas aceitou. Emil foi levado a uma sala que parecia aquelas usadas em interrogatórios policiais e sentou-se diante de um tribunal de três psiquiatras, sendo um deles o diretor da clínica. Além disso, Emil refez o teste de Rorschach, dando as respostas mais ordinárias possíveis para as manchas de tinta. Saiu daquela sala sorrindo tanto quanto os psiquiatras que o entrevistaram.

"A clorpromazina vai mudar tudo por aqui", disse o diretor ao sair, entregando a papelada de alta para Nicolas.

Ele pediu para que Emil o acompanhasse até o consultório para preencher os documentos. Emil concordou. Parecia radiante.

"Alguém vai esperar você na estação, Emil?"

"Não, mas sei o caminho."

"Você está contente mesmo de voltar, pelo visto."

"Sim. Como um presidiário que finalmente verá o sol nascer fora das grades."

"Nosso atendimento é tão ruim assim?"

"Foi apenas uma brincadeira, doutor. Sabe, o ar das montanhas pode ser refrescante, mas no fim das contas, sou um homem da cidade."

"Logo você estará de volta. E o seu emprego, alguma notícia?"

"Telefonei para o presidente da empresa e ele garantiu que minha vaga permanecia lá, me aguardando."

"Excelente notícia", disse Nicolas, preenchendo desatento as folhas de burocracia. "Qual é mesmo o nome da empresa, Emil? Preciso colocar aqui nos documentos da alta. Conta muitos pontos dizer que o paciente voltará para um emprego."

"Ah, nunca falei para você o nome da empresa?"

"Não, apenas mencionou que era uma seguradora de renome."

"É a A_____, doutor."

Nicolas deixou cair a caneta sobre o papel.

"O que foi, doutor? É uma empresa reconhecida."

"Sim, sem dúvida."

"O senhor não parece feliz."

Nicolas buscou um cigarro e descobriu que estava sem. Emil, surpreendentemente, trazia uma cigarreira no bolso do paletó, e estendeu-a a Nicolas. Ele aceitou o cigarro e o acendeu, com vagar.

"Emil, não sei muito bem como falar disso…"

"O que foi, doutor? Pela sua cara, você parece mais preocupado com a minha empresa do que quando eu contava de minhas conversas com Satã."

Nicolas deu as costas para Emil e encarou a janela.

"Você sabe... Você com certeza sabe que a A_____ foi uma das principais financiadoras do Terceiro Reich, não?"

Mesmo de costas, quando Nicolas escutou a risada de Emil, sabia que o paciente estava esboçando aquela expressão infantil que demonstrava nos momentos em que não soava arrogante.

"Que grande empresa alemã não apoiou o Reich, doutor?"

Nicolas tragou e conteve um engasgo. Virou-se outra vez para Emil. Sim, ele parecia uma criança brincando com o pai.

"Qual é o seu carro, doutor? Provavelmente de uma marca que apoiou o governo. Que tinta você usa para pintar a cerca de casa? De uma empresa química que financiou o Reich, como você disse."

"Você trabalhava lá na A_____ durante a guerra?"

"Sim, doutor, sou um dos funcionários mais antigos da casa."

"E você não teve nenhum problema moral com isso?"

Emil tirou os óculos tartaruga do rosto e limpou-os na camisa.

"Doutor, você está assinando a minha alta e agora quer vir questionar minha moralidade?"

"Não é isso, eu só achava que..."

"Que podia ter relevância? Que essa informação ajudaria a resolver meu caso clínico?"

"Talvez."

"Que besteira, doutor. O que resolveu foi a clorpromazina. Você sabe disso. O que não significa que eu não tenha adorado nossas conversas. É sempre uma alegria ter um interlocutor inteligente como o senhor."

Emil estendeu a mão para que Nicolas entregasse os papéis da alta.

"Eu ainda não assinei", disse Nicolas.

"Então assine, doutor."

Nicolas abaixou a cabeça, fez um rabisco e entregou os papéis a Emil. O homem se levantou e, de costas para Nicolas, sua voz aguda dominou a sala:

"Além do mais, dr. Legrand", disse, puxando o R, "você não morava em Vichy? Dizem que era uma cidade muito agradável e tranquila durante a guerra."

Antes que Nicolas conseguisse responder, Emil já tinha saído pela porta. Provavelmente nunca mais se veriam.

17.

O psiquiatra Ezra ficou surpreso de ver Nicolas parado na porta de seu consultório.

"Doutor! A que devo a honra dessa visita?"

Ele fez um gesto para que Nicolas se sentasse.

"A sua poltrona de paciente é mais confortável que a do meu consultório", disse Nicolas, acomodando-se.

"Um privilégio que não foi fácil de conquistar, garanto."

"Se importa se eu fumar?"

"Não, por favor."

Os dois acenderam seus cigarros.

"Ezra, lembro que quando tivemos aquela reunião e discutimos a possibilidade de atendermos antigos simpatizantes do nazismo, você foi violentamente contra."

"Por motivos óbvios, imagino."

"Sim, claro. O que eu queria dizer é que… acabo de descobrir que um paciente meu, que recebeu alta há pouco, talvez fosse justamente um desses casos."

"Que paciente?"

"Emil."

"E o diretor permitiu que ele viesse se tratar conosco."

"Acho que o diretor não sabia. Na verdade, nem eu sabia até agora. Foi só quando vi que ele trabalhou para a seguradora A_____ durante a guerra que me dei conta da possibilidade."

"E você o curou mesmo assim. Seguiu o juramento de Hipócrates."

"Não fui eu quem o curou. Foi a clorpromazina. Não fiz nenhum avanço com a terapia por fala."

"Qual era o diagnóstico dele mesmo?"

"Esquizofrenia, mas de um tipo peculiar que não demonstrava muitos dos sintomas nervosos."

"Entendo. E por que você veio me contar isso?"

"Não sei, senti que precisava compartilhar isso com alguém, e lembrei que você deu o melhor argumento para nos recusarmos a atender esse tipo de pessoa. E também porque você é…"

Ezra se levantou e andou pelo consultório. "Entendo que seja frustrante. Eu reagiria muito mal, sem dúvida." Ele apreciou as árvores mortas pela janela. "Porém, por outro lado, é inevitável, enquanto trabalharmos na Europa."

"Como assim, Ezra?"

"Foi o que o diretor disse. A imensa maioria da população apoiou Hitler e todos seus correligionários. Claro, ninguém o elegeu para que ele invadisse a Polônia do dia para a noite. Mas todos os seus eleitores sabiam muito bem das posturas racistas e antissemitas de Hitler, afinal, ele nunca tentou escondê-las. Pelo contrário, foi alçado ao poder proclamando seu racismo em qualquer cervejaria. Os alemães não apenas aceitavam isso, como adoravam aqueles discursos. Assim como os austríacos, que celebraram sua chegada com uma grande festa na Praça dos Heróis. E assim como muitos cidadãos suíços, provavelmente, ainda que o país tenha mantido sua neutralidade oficial. Esses suíços aplaudiram seus discursos em silêncio, seguindo suas rotinas ordinárias e jamais reclamando para ninguém, apenas ouvindo as notícias da rádio com um sorriso no rosto. É um fato da vida. E continuam aí, andando pelas ruas, educando seus filhos à sua maneira."

"É um fato da vida que a maioria dos seres humanos tem tendências racistas e fascistas? E que estão ansiosos para apoiar qualquer criatura doente que passe a verbalizá-las em público?"

"Não apenas verbalizá-las. É preciso gritar, gesticular, ser enfático. A sedução da autoridade. Podemos localizar uma predisposição na personalidade das pessoas para se deixarem levar por discursos como os de Hitler e Mussolini. Como ovelhinhas que sonham em um dia ser o lobo que irá torturar todos os outros animais."

"Mas e o que fazemos quanto a isso?"

Ezra o encarou com o cigarro preso entre dois dedos.

"O que fazemos? O que você acha que fazemos?", perguntou Ezra.

Ele não encontrou palavras.

"Simples. Nós sentimos uma tristeza profunda, Nicolas."

Nicolas se engasgou com a fumaça.

"Não se sinta mal, doutor", disse Ezra. "Erros acontecem."

"Que profissão infernal."

"Não mais que as outras. O padeiro precisa assar pães para simpatizantes nazistas. O optometrista tem que garantir que eles enxerguem bem e possuam óculos adequados."

"Mas nós lidamos com a mente das pessoas. Nós temos responsabilidades..."

"Ah! Sim. Concordo. Nem todos somos diretamente culpados, mas somos todos responsáveis. Mas não se cobre tanto. Um só psiquiatra não consegue mudar o mundo, Nicolas. Mas nós podemos ajudar as pessoas a se compreenderem um pouco melhor. Talvez isso seja um caminho. Um caminho educacional."

"Eu não ajudei Emil a se compreender. Ele enxergava sem parar a figura de Satã, que lhe dava ordens sobre a refundação do país, para salvar a sociedade da deterioração... Agora, falando em voz alta, noto que todas as pistas estavam ali, e eu não fui capaz de ligar os pontos."

"Pelo menos ele enxergava esse discurso ligado a Satã e não a Deus."

"Ele insistia que Satã era a luz que iluminava tudo, a razão máxima."

Ezra riu. "Pelo jeito, o que sobra para Deus é o que sempre sobrou."

"E o que seria isso?"

"Ser o mistério."

Nicolas colocou a cabeça entre as mãos.

"Era tudo tão óbvio", murmurou Nicolas. "O Terceiro Reich foi o triunfo da razão e da técnica. Esse era o discurso que ele ouvia à noite. Como pude ser tão burro. Tão, tão burro e cego."

"Sabe o que eu diria se você, Nicolas, fosse o meu paciente?"

Ele destapou os olhos e fitou Ezra.

"O quê?"

"Que o importante agora é o que você fará depois disso. Depois dessa lição que teve. Dessa revelação, se quiser chamar assim."

"Depois dessa surra. Eu me sinto surrado."

"Consigo imaginar. É um baque."

"Você é compreensivo demais."

"Eu sou um psicanalista, afinal."

"Às vezes eu não me sinto como um", confessou Nicolas.

"Não se engane, doutor. Se isso tivesse acontecido comigo, eu estaria furioso. Aqui, digo que você precisa encarar o futuro. Mas eu mesmo perderia o sono sabendo que abrigamos um nazista aqui. Nós somos médicos, não santos. É preciso entender, mas, ao mesmo tempo, nunca perdoar. Nunca, jamais perdoar ou esquecer."

Nicolas viu que Ezra estava com o rosto afogueado.

"E como encarar o futuro, então?"

"Como a terra na qual teremos uma tarefa gigantesca. E não venha me dizer que estou sendo otimista. Não tem nada a ver com otimismo. É nossa maneira de lutar para que certas coisas nunca se repitam." Ezra foi para o lado de Nicolas e botou a mão sobre seu ombro. "Você tem filhos? Pretende ter?"

Nicolas seguia esfregando as têmporas. "Não", respondeu.

"Às vezes, pais têm filhos na esperança de consertar os erros de suas gerações. Embora acabe gerando toda uma série de traumas, às vezes."

"Isto não é uma opção para mim. Ter filhos."

"Você ainda pode educar uma nova geração. Tratar."

Nicolas riu para conter o pranto.

"Você vai ficar bem, Nicolas", disse Ezra. "Não parece. Mas acredite em mim."

"Espero que sim. Obrigado, doutor", disse Nicolas, limpando a testa oleosa. "De verdade. Você acha que devo comunicar ao diretor? Sobre o nosso simpatizante nazista?"

"Não. Que diferença faria? Por acaso nosso diretor sairia atrás do homem em Zurique gritando que ele era um simpatizante nazista? Todo mundo quer esquecer, doutor. Eu não. Lembre-se", disse Ezra, dando tapinhas no ombro de Nicolas, "jamais esquecer, jamais perdoar. Mas é preciso seguir a vida."

"Certo. Obrigado mais uma vez."

Nicolas se levantou, pegou o casaco e saiu. Avisou a enfermeira para suspender suas consultas do dia, que iria mais cedo para casa.

As noites pareciam eternas. Enquanto sua esposa dormia assim que a cabeça encostava no travesseiro, Nicolas fitava a penumbra do quarto e aguardava uma visita que podia aparecer a qualquer hora. Um dia, decidiu deixar a luz do banheiro acesa, mas sempre que erguia o rosto, enxergava formas inumanas espalhadas pelo quarto, e precisava se levantar e caminhar até a silhueta para desmistificá-la: é apenas uma camisa sobre a cadeira; é apenas a sombra da pia refletida na parede.

Não esperava mais a chegada do Satã de Emil, mas de algum outro ser inexplicável que sussurrasse em seu ouvido no meio da noite, que entoasse algum cântico que o levaria a uma loucura da qual não seria mais possível retornar. Ele se lembrava do proselitismo de Emil, contando das muitas formas que Satã podia assumir. Seria ele, Nicolas, capaz de reconhecer Satã quando o encontrasse? Ou será que Nicolas ficaria tentando se convencer de que, no fundo, não era Satã?

Ele costumava dizer aos seus pacientes que se encontravam em estados de depressão profunda que era necessário recordar-se de um período mais alegre, e os pacientes, por mais que se esforçassem, não eram capazes de se lembrar de uma só memória feliz. Havia algo de muito pernicioso na melancolia: era um vírus que instaurava em sua vítima, em seu hospedeiro, um solipsismo de achar que o mundo era apenas o que podíamos ver sob aquelas lentes sujas e embaçadas.

Quando se nasce, ocorre um longo período de aprendizado até o bebê compreender que não é o mundo, que os objetos estão separados dele, que o pai e a mãe não o integram. Um longo percurso de desenvolvimento cognitivo para entender que é um indivíduo. E então a melancolia aparece, como uma revoada de gafanhotos no horizonte, cujas fronteiras se estendem por todo o globo, e de repente fica impossível se separar do mundo, o mundo está dentro da sua cabeça, e ele é composto por uma nuvem de insetos que trazem destruição e pânico.

Nicolas se lembrou de quando passeava na floresta e se imaginava deitado na relva, contemplando a indiferença da natureza. Sim, a indiferença era projetada pelo estado de espírito, ele sabia mesmo naquela época, assim como um religioso enxergaria na natureza uma ordem e um reflexo do divino, um sentimento que ele conhecia textualmente, mas que nunca vivenciara.

Porém, agora até mesmo a natureza parecia estar a uma distância inalcançável, como se a terra tivesse se aberto entre Nicolas e a floresta, e ao olhar para baixo ele visse alguma coisa que não pertencia ao reino natural, uma escuridão que violava o senso comum, a geografia e a geometria. Ele estava enjaulado dentro da própria mente, e aquilo era um estágio ainda mais profundo da solidão.

Por volta das seis da manhã, quando algum pássaro que não havia congelado ousava trinar, Nicolas conseguia dormir uma ou duas horas, e sua esposa o acordava, pois era hora de trabalhar, mas ele se sentia atropelado, sem forças sequer de responder-lhe. Ela então trazia um café até a cama e tardava uns quinze minutos, quando a xícara já havia esfriado, para convencê-lo a se sentar e tomar o café. Ela oferecia um cigarro, mas ele não sentia mais prazer em fumar, assim como toda a comida tinha perdido o gosto.

Os atrasos viraram a norma, e o diretor reclamara as duas primeiras vezes. O fato de que o diretor deixara de protestar talvez fosse um anúncio de que tramavam demiti-lo. Ou, pensava Nicolas, que haviam notado que ele fora contaminado, e agora ele vagava pelos salões do Centro com a marca de hospedeiro do vírus incrustada no rosto.

Duas semanas depois da alta de Emil, Nicolas foi acordado por batidas à porta. Anna se levantou, sobressaltada, e Nicolas reuniu forças para atender, pois só podia ser uma emergência do Centro.

Ainda de pijama, arrastou os pés até a sala e abriu a porta. Na neve, duas enfermeiras com uma expressão dolorosa no rosto.

"Doutor!", exclamou uma delas.

Nicolas tirou a remela das olheiras. Conferiu o relógio: eram nove. Daquela vez, nem Anna tentara acordá-lo.

"O que foi?"

"É a respeito do seu paciente Ludwig", balbuciou a enfermeira da esquerda. A outra caiu no choro.

Ele pediu um momento, voltou para dentro de casa e se vestiu às pressas, explicando a Anna que era de fato uma emergência.

Do lado de fora, perguntou às enfermeiras o que tinha acontecido, mas elas não disseram uma palavra. Foram andando na frente, apressadas, e Nicolas buscou acompanhá-las, mas elas seguiam sempre dois passos adiante. Era possível escutar as duas enfermeiras soluçando. A neve e a sonolência anestesiavam Nicolas por completo. Ele seguiu os dois vultos à sua frente como se estivesse em um sonho e elas fossem fantasmas que o conduziam para uma caverna.

Jacques o aguardava na entrada do Centro. "Lamento, doutor. Foi durante a aplicação do remédio", ele disse.

"Que remédio?"

"A clorpromazina."

"Como assim, o que aconteceu?"

Uma das enfermeiras que o buscou em casa se virou para ele. A maquiagem estava borrada. Ela esfregou o braço contra o rosto.

"Nós costumávamos aplicar o medicamento só em sua presença, doutor, mas como o senhor tem chegado mais tarde, acabamos injetando a medicação nós mesmas."

"Sim, mas…"

"O paciente, como o senhor sabe, é muito forte. Ele arrancou a seringa das nossas mãos e perfurou os olhos, e depois a artéria do pescoço, injetando ar. Ele fez isso muitas vezes. Nós não soubemos como reagir, doutor, sinto muito, foi um choque para nós. Não tínhamos como segurar ele. A força dele… Você sabe."

Nicolas encarou Jacques.

"Ele está morto?"

Jacques concordou com a cabeça.

"Que tragédia", disse Nicolas. As enfermeiras passaram a soluçar ainda mais forte. Aquele tinha sido o primeiro suicídio ocorrido no Centro.

Por algum motivo incompreensível, Nicolas pensou que seria levado para ver o cadáver de Ludwig, que retiraria uma lona preta de cima do corpanzil e enxergaria as perfurações da seringa. Em vez disso, foi logicamente conduzido à sala do diretor, que, para disfarçar a fúria, fumava ansioso seu charuto, andando de um lado para o outro da sala.

"Isso é péssimo, dr. Legrand. Péssimo. Em todos os sentidos."

"Eu sei."

"Vão achar que nós não somos capazes de preservar a segurança dos nossos pacientes. E quer saber? Estão certos."

"De fato, embora talvez Ludwig não fosse um paciente ideal para esta clínica."

"Eu confiei no senhor."

"Eu fiz o possível."

"Você não foi capaz nem de estar acordado aqui para supervisionar a administração do medicamento."

"O remédio não funciona em casos como o dele. Devíamos ter abandonado há dias."

"Você não sabe disso! Ninguém sabe!", gritou o diretor.

Nicolas ficou em silêncio.

"Não sei mesmo o que fazer com você."

Nicolas se perguntou se acender um cigarro agora pareceria insolência. Preferiu ficar com as mãos sobre o colo.

"Pelo menos, pudemos concluir que a clorpromazina não faz milagres", disse Nicolas.

"Ela faz milagres, sim. Só não com todos os pacientes."

"Não é capaz de curar a melancolia severa."

"Não, pelo visto não. Mas tratou tantos distúrbios esquizofrênicos que só nos resta pensar que a clínica será um lugar diferente a partir de agora."

"E que não serão necessários tantos praticantes de psicanálise."

"Dr. Legrand. Você fala como se quisesse pedir demissão. Você se atrasa como se quisesse que nós o demitíssemos. O que está acontecendo? Essa é a sua oportunidade de defender seu lugar aqui na instituição. Não vou dar outra chance. Então pense bem nas palavras que vai usar."

O diretor se sentou diante de Nicolas, que ainda tentava afastar o sono dos olhos.

"Vamos, fale."

"Não sei, diretor. Estou sendo sincero. Parece que não sou mais capaz de ajudar os pacientes. Mas não quero perder o emprego. Ao mesmo tempo, é a única coisa que sei fazer. Ou que pelo menos achava que sabia fazer."

"Uma crise de fé."

"Por aí."

O diretor suspirou em espirais de fumaça.

"Todos os psiquiatras passarão por isso com essa descoberta. Vão achar que serão substituídos por neurocientistas. Que a discussão se restringirá a qual hormônio atua na amígdala. Talvez isso aconteça, de fato. Os psiquiatras medicamentosos serão os novos materialistas, e o nosso Freud será visto da mesma maneira como olhamos para Jung agora, como um charlatão místico. Ninguém pode prever o futuro."

"E você não fica abalado com isso?"

"É um choque, não tão diferente do que os artistas de rádio sentiram quando surgiu a televisão. Mas o rádio continua aí."

"Imagine, diretor, se descobrirem o equivalente da clorpromazina para tratar a melancolia. Um antimelancólico, ou um antidepressivo, não faço ideia de como o chamariam. Algo que regule o humor das pessoas."

"Consigo imaginar qualquer pessoa com um coração partido ou enfrentando o luto de um familiar tomando comprimidos como se fossem balas de menta."

"Um pesadelo, não?"

"Mas seria útil. Ludwig estaria vivo. Você estaria se sentindo bem."

Nicolas jogou a cabeça para baixo.

"Ainda estamos longe dessa pílula mágica, de um suposto antidepressivo", disse o diretor, num tom apaziguador. "O dr. Starobinski, que passou semanas aqui observando o trabalho de vocês, anotando suas conversas, que estudou todos os tratados da história da melancolia, foi embora dizendo que a compreensão humana a respeito da melancolia continua pífia. O homem melancólico segue inacessível. Um remédio pode eliminar os sintomas, mas não as causas."

"E eu deveria me sentir satisfeito com essa visão de mundo?"

"Isso significa que a psicanálise persistirá. As pessoas ainda vão querer se descobrir e entender as razões por trás de suas angústias. Eu ainda acredito no trabalho humanizado, doutor Legrand."

Nicolas o encarou, querendo compartilhar sua crença.

"Imagino que esse suicídio tenha sido um grande baque para o senhor."

"Não é meu primeiro paciente que tira a própria vida", admitiu Nicolas.

"Tire uns dias de descanso. Umas semanas."

"Estou sendo afastado? Logo você vai me mandar buscar minhas coisas?"

"Não seja tão dramático, Nicolas", disse o diretor, pousando uma mão no ombro dele. Nicolas se sentiu ridículo. Primeiro Ezra o tocou no ombro, agora o diretor. Devia estar numa cena lastimável.

"Tire uns dias de folga", continuou o diretor. "Viaje com sua esposa, passe uns dias em Genebra, veja movimento, atividade. Pessoas na rua. Durma. Você está com olheiras terríveis, de quem passou as últimas noites sem fechar as pálpebras. Descanse. Que tal? E quando você voltar, conversamos."

"Conversamos a respeito do quê?"

"Se você quer continuar aqui."

Nicolas refletiu um pouco e se permitiu acender um cigarro.

"Você quer que eu continue aqui, diretor? Seja sincero."

"Sim. Mas não nesse estado. Vá para Genebra. Considere isso umas férias fora de temporada."

Nicolas expulsou uma pequena avalanche de fumaça pela boca.

"Pode ser uma boa", disse. "Agradeço a oportunidade, diretor."

"Ótimo. Vou transferir alguns de seus pacientes temporariamente, certo? Descanse de verdade. Só volte quando estiver com a cabeça no lugar."

"Pode deixar. Agradeço mais uma vez. Só vou passar no meu consultório para buscar umas coisas."

"Que coisas? Não pegue nenhum documento, não quero você estudando casos… Descansar, ouviu? Nada de trabalho."

Nicolas se ergueu desajeitado, fez uma reverência constrangida com a cabeça, saiu da sala do diretor e desceu ao térreo, passou pelas enfermeiras chorosas, que mal notaram sua presença, e foi até a farmácia do local, onde pegou quinze ampolas de clorpromazina e guardou-as nos bolsos do paletó. Também sequestrou um frasco do ansiolítico fenobarbital. No consultório, coletou apenas a caderneta pessoal, e saiu pelas portas do centro clínico sem se despedir de ninguém.

"Genebra?"

Anna não conseguia acreditar naquilo.

"Achei que você ficaria feliz. Será bom para você, estará mais próxima do CERN. Não vamos ter que dormir separados nenhum dia da semana."

"Eu estava voltando sempre para dormir ao seu lado nessas últimas semanas."

"Eu sei e eu agradeço."

Ela suspirou.

"Não precisa suspirar. Eu agradeço de verdade. Sei que você está fazendo de tudo para cuidar bem de mim."

A expressão dela mudou. Anna parecia irritada.

"Sabe, Nicolas, não me incomodo de cuidar de você. Acho que um casamento envolve ajudar o outro a suportar os piores momentos. Mas eu sinto que tenho o direito de ao menos saber o que está acontecendo."

Ela chorava em silêncio.

"Você sabe como são as coisas", ele disse. "Não é algo objetivo, concreto. Temos uma bela casa em um vilarejo idílico, sou casado com uma mulher inteligente e incrível, meu emprego é relevante e bem remunerado. Tudo ao meu redor está bem encaixado."

226

"Então de onde vem essa tristeza toda?"

"Bom…"

"E não use jargão psicanalítico."

"Eu não sei. Por um bom tempo, pensei que eu absorvia a tristeza dos outros, de todos os sobreviventes da guerra, dos refugiados do fascismo, de todos que atendi ao longo desses anos, de todos que ajudei e de todos que não consegui ajudar."

"Então, por que todos os seus outros colegas não estão na mesma situação?"

"É o que conversei com eles em outro momento: não é apenas o contexto externo, mas uma reação interior, única de cada psique, com o acontecimento exterior."

"Você está apelando ao jargão."

"Não. Veja bem: nem todo mundo que vai para a guerra volta traumatizado, incluindo soldados que tiveram experiências bastante similares."

"Certo. Então você acha que é essa a questão? Você absorveu a tristeza dos pacientes? E a saída é abandonar sua carreira e se dedicar a outra coisa?"

"Não. Como eu disse, pensei por muito tempo que era isso."

"E você não acha mais?"

"Não. Não sei. Vamos para Genebra ver o que acontece, que tal?"

"Eu só queria entender. A gente costumava conversar sobre tudo. Por que você não me conta mais as coisas?"

"Eu também queria entender. Mas não adianta eu falar e falar. Não há nada o que dizer. Não vai trazer nenhuma pista de como compreender isso."

"Tem certeza?"

"Vamos escolher um bom hotel, pode ser? Perto do lago, do jato d'água. Genebra. Longe daqui, longe desse isolamento."

"Certo, eu tenho os nomes de alguns anotados. Mas tem

certeza de que você quer viajar? Quando nós fomos para a estação de esqui há pouco…"

Ele se aproximou dela, beijou-a e acariciou seu cabelo.

"Eu fui uma pessoa desagradável, sei bem disso. Adianta alguma coisa eu prometer que dessa vez vai ser diferente?"

Ela se deixou abraçar e colou a bochecha contra o peito de Nicolas.

"Você acha que vai ficar tudo bem?", ela perguntou.

"Espero que sim."

Ainda naquela noite, assim que Anna fechou os olhos e pareceu se render ao sono, Nicolas foi ao banheiro, procurou a veia azul desenhada sobre seu braço e se injetou uma dose de clorpromazina. Ele ficou contemplando a ampola vazia e se sentou no chão do banheiro, onde acendeu um cigarro no escuro quase completo, exceto pelo amarelo do fogo e pela luz acinzentada da lua que passava pelo quadrado da janela.

18.

Genebra parecia fazer parte de outro país, embora ficasse a menos de oitenta quilômetros de distância do vilarejo. Quando chegaram lá, brilhava um sol invernal que derretera toda a neve. O céu de um azul vívido obrigava o casal a espremer os olhos enquanto andava pelas pedras do centro da cidade. Homens de chapéu e óculos escuros lotavam as ruas.

Se o humor de Nicolas tinha de fato melhorado, Anna não conseguia julgar. Ele *parecia* melhor, mas ela se lembrou das descrições que ele fizera inúmeras vezes de pessoas que ocultavam seu estado depressivo com piadas e extroversão. Talvez ele estivesse apenas mais funcional, pensou Anna, mais adequado à sociedade.

Toda noite, Nicolas se injetava clorpromazina. Em Genebra, não recebeu nenhuma visita sinistra, nenhuma criança sem pálpebras apareceu em meio à cidade. Talvez Emil esteja errado, Nicolas pensou; talvez Satã, em suas várias formas, não habite lugares populosos. Por outro lado, Nicolas refletiu que isso seria aceitar por completo a lógica de Emil, e ele, mais do que qualquer outra pessoa, deveria saber definir os limites entre a realidade e o delírio esquizofrênico. Depois de uma semana se injetando o medicamento, não sabia se estava curado por causa da substância incolor que aplicava em suas veias, ou se apenas abandonara uma ilusão que não era dele, que nunca havia sido dele.

De repente, as alucinações que vivenciara pareciam ridículas, pertencentes a um passado remoto e distante, a uma mentalidade alienígena. A imagem da criança na floresta — será que não havia de fato uma criança ali, um adolescente que se isolara nas montanhas, como o personagem do livro de Walser? A deformidade não seria uma projeção da mente assustada de Nicolas? O sol ofuscante de Genebra trazia o lume da racionalidade que, por um instante, parecia dissolver todas as sombras.

Todas as noites, ele também tomava uma dose leve de fenobarbital, algumas gotas que pingava debaixo da língua, e o sono denso do ansiolítico fazia com que dormisse de oito a dez horas por noite. Em cinco dias, suas olheiras tinham desaparecido, e em sete dias, seu rosto recuperara um pouco da cor.

Ele buscou se envolver nas atividades da esposa. Conheceu o CERN, conversou com os cientistas, e diagnosticou todos os físicos teóricos como neuróticos do tipo ansioso.

Anna o convidou para uma palestra de um cientista que ela teria de entrevistar, um físico dos Estados Unidos conhecido por ser uma espécie de discípulo de Einstein.

"Todos são, não?", ele perguntou.

"Há os que brigam com Einstein."

"E esse não briga?"

"Acredito que sim. Como todo bom discípulo."

"Qual é o nome dele?"

Ela disse, e ele só pescou a palavra Archibald.

"Como o pintor?", ele perguntou.

"Que pintor?"

"Giuseppe Arcimboldo."

"Não faço ideia do que você está falando", Anna disse.

"Claro que sabe. Aquele pintor italiano que desenha rostos monstruosos. Pessoas feitas de frutas e vegetais."

Ela riu. Explicou que o mais próximo de algo monstruoso que John Archibald Wheeler fizera foi ter trabalhado em um desdobramento do projeto de Los Alamos na Universidade Princeton.

Nicolas se lembrou de Mary chorando desesperada no chão do consultório.

"Não sei se eu quero ir à palestra."

"Ah, por favor. Não me deixe sozinha, vai."

"Eu não vou entender nada, além disso. Você vai me achar a pessoa mais burra do universo."

"É apenas uma hora. Depois eu fico para a entrevista e você sai para tomar um aperitivo e me esperar."

Ele concordou.

E, de fato, não compreendeu nada da conversa abstrata sobre matemática e como se derivam certas equações, o espaço-tempo curvo, a relatividade, e ficou esperando alguma menção a armas de destruição em massa, o que não houve, como se o trabalho em Los Alamos fosse apenas uma aplicação prática do que realmente interessava a ele.

Ao final, Anna foi apresentada a Wheeler como a jornalista responsável do CERN. Ela apertou a mão do físico, que por sua vez notou que o homem ao lado de Anna era um estranho naquele lugar.

"Sou um cientista, mas de outra área", explicou Nicolas.

"Ele é psiquiatra", esclareceu Anna.

"Ah, então ele lida com fenômenos ainda mais misteriosos!", brincou Wheeler, com uma simpatia contagiante. "Seja sincero, camarada, você gostou da minha palestra?"

"Com todo respeito, senhor, não entendi quase nada", disse Nicolas, buscando aprovação nos olhos de Anna, "mas fiquei curioso em relação a algo que você disse, que o cerne da matéria é um terreno onde tudo está no campo das possibilidades, e que o comportamento das partículas subatômicas... muda conforme o observador, correto? Ou estou envergonhando minha esposa?"

"De maneira geral, sim, é por aí. É um bom resumo em uma frase de anos de pesquisa, que ainda vão se estender por décadas, provavelmente!"

"Não quero diminuir a sua pesquisa. Mas então, isso quer dizer que o universo não é essa máquina que opera por conta própria, ignorando a presença de nós, seres humanos?", perguntou Nicolas.

"Contrariando Einstein...", completou Anna.

"Isso, contrariando o determinismo de Einstein, como sua esposa sugere", disse Wheeler. "Pelo que tudo indica, o universo não é um relógio e a matéria não é formada apenas por pecinhas simples, cada uma com sua função bem delimitada. Claro, ainda estamos no período de hipóteses descabidas. Mas eu diria que dentro do átomo é tudo possibilidade, até que nós, humanos, coloquemos os olhos, ou melhor, os números na equação. Então, sim, há o... fator humano. O observador importa. Quem sabe, talvez o universo peça nossa participação. Porém, no atual momento da minha pesquisa, talvez a sua dúvida seja melhor respondida por um filósofo, ou até mesmo por um líder religioso, do que por um físico."

"O senhor... é religioso?", gaguejou Nicolas.

"Não. Mas há perguntas sobre as quais a física não é capaz de legislar."

"Seria tão absurdo quanto esperar que a religião legislasse sobre a ciência para determinar que o mundo foi criado em seis dias", disse Anna.

"Interessante", falou Nicolas, pensativo. "Repito, não entendi quase nada, mas fiquei muito impressionado. Agora, deixarei vocês dois conversarem. Foi um prazer", disse, afastando-se. Combinara de se encontrar com Anna dali a duas horas em um café no centro da cidade.

"Um homem muito agradável, seu marido", Nicolas ouviu Wheeler comentar às suas costas.

"Sim", respondeu Anna, constrangida.

Ele saiu da palestra, da pura abstração matemática que parecia vir de um futuro longínquo, e entrou em um trem veloz que o conduziu, vinte minutos depois, para as pedras das ruas centrais de Genebra, pedras medievais, com construções que se assemelhavam a pequenos castelos. Quase como se viajasse no tempo.

Quando viu, estava diante da enorme Catedral de Saint Pierre, com seus séculos de história. Ergueu a cabeça para contemplar o pináculo. Quando a abaixou, viu que fiéis entravam apressados pela porta preta de ferro. Por um momento, sentiu uma ânsia de entrar sorrateiramente ali também, de se ajoelhar e rezar para um Deus que não era o seu.

Em vez disso, seguiu caminhando sem norte, e o acaso o levou a passar por uma sinagoga muito menos opulenta que a catedral, onde alguns homens de quipá entravam. Lembrou-se de Ezra, quando Ezra ainda achava que Nicolas era judeu e poderia apoiá-lo na conversa com o diretor sobre sua recusa a trabalhar aos sábados. Ezra mostrou a ele uma carta que começava com uma citação de um rabino que dizia que judeus não precisavam de imensas catedrais como os cristãos, pois construíam suas catedrais no tempo, não no espaço, e não louvavam um Deus antropomórfico, mas um ser sem rosto ou gênero, sem corpo ou voz, mas um sopro, um verbo, que era a própria eternidade. Nada era mais importante, então, do que santificar um dia, tirá-lo da rotina opressora da semana.

Quando teve essa conversa com Ezra, apenas concordou com a cabeça, sem prestar atenção de fato àquilo, e pensando que era pura superstição escolher o sábado no calendário, apenas porque um livro de milênios atrás afirmava que o criador descansou no sétimo dia. Nicolas oscilava entre uma criatura de ciência e uma criatura que não sabia como definir, mas que ousaria chamar de irracional. Quando falou com Ezra naquele momento, interpretou o papel de arauto da ciência bruta. Porém, com a chegada da clorpromazina à clínica, Nicolas se deslocou para o outro polo, e parecia querer se agarrar com ainda mais força a qualquer coisa que escapasse à lógica da química e da biologia.

E passando diante da sinagoga, a conversa com Ezra retornou com outro peso, e a visão que o amigo tinha do sagrado pareceu oferecer um caminho não trilhado. Ali, no meio das ruas de Genebra, no fim de tarde, sentiu um impulso de santificar aquele momento, santificar no sentido de separar, de isolá-lo da massa anódina, de destacá-lo, de proclamá-lo único e dizer: "isto é a eternidade", e se lembrou das explicações que Anna lhe dera a respeito de Einstein, o judeu ateu, de que o tempo era apenas uma ilusão teimosa que os humanos insistiam em manter.

E já que o tempo era uno e ilusório, Nicolas aproveitou para revirar sua memória à procura de fragmentos das conversas com seu pai que pudessem ser vividos outra vez ali, mesmo que separados por anos e quilômetros de distância. Porém, ao se deparar com um vácuo de imagens, ao se perceber incapaz de rememorar em detalhes o rosto do pai em algum momento anterior ao período em que se jogava no sofá, abraçado a garrafas de conhaque, pensou nele com certa raiva, na maneira como seu pai negou ao filho qualquer religiosidade, além da religião da melancolia e do alcoolismo, e pensou com igual raiva na mãe, que mudou seu sobrenome para Legrand, e então colocou a ação no seu devido contexto e pensou que talvez a mãe tivesse salvado a vida da família com essa atitude, pois, praticante ou não, religioso ou não, Nicolas também seria mandado para um campo de concentração se tivesse o sobrenome repleto de consoantes no seu passaporte.

Então, pensou na sua *covardia* — não estaria ali a raiz de sua melancolia, seu trauma original? Sim, a palavra proibida, que um dia Anna mencionou e que o esmagou por completo.

Por dias, ele não conseguiu encarar o olhar dela, e alugou um quarto de hotel, onde ficou deitado no chão, imaginando que desaparecia. Uma só palavra, covardia. Uma noite no hotel, rastejou pelo piso e dormiu debaixo das madeiras da cama, como se fosse um monstro a assustar as crianças insones. Se possível, cavaria buracos e se enterraria vivo. Anna pensou que ele havia se suicidado, e acionou a polícia, marcando-o como desaparecido. O dono do hotel viu seu nome no jornal e telefonou para a delegacia, informando que Nicolas estava hospedado no seu estabelecimento e que não saíra do quarto nem para comer. O próprio dono arrombou a porta do quarto 305 e encontrou Nicolas debaixo da cama, vivo. Nunca tentara se suicidar, explicou Nicolas. Não teria coragem.

Sim, era preciso aceitar que suas atitudes no passado não podiam ser alteradas sem uma máquina do tempo. Ele vivera na França vichyista, onde judeus eram denunciados e deportados, enquanto ele praticava uma psiquiatria distanciada e alheia a questões políticas e históricas. Como médico que precisava seguir um código de ética rígido, escutava seus pacientes contarem histórias escabrosas que Nicolas jurava que não podiam ser verdade — pessoas colocadas dentro de um carro e levadas à delegacia por causa do tamanho do nariz, e na delegacia, precisavam mostrar papéis verdadeiros com um sobrenome muito francês, e Nicolas chegava em casa, abria o passaporte e conferia o Legrand em uma tipografia preta forte, e o espaço em branco com seu próprio sobrenome judeu apagado, e sua mente se dividia entre o alívio e uma angústia que secava sua garganta.

Um paciente uma vez denunciou vizinhos que tinha flagrado pela janela abençoando o vinho e o pão em uma sexta à noite com palavras em hebraico. O paciente contou isso a Nicolas como se o hebraico fosse uma língua demoníaca tirada de um antigo grimório de invocações de demônios. E o juramento de Hipócrates, Nicolas relembrava do juramento que fizera ao se graduar em medicina, a promessa de atender pacientes, sem se importar com o credo, a política, nada disso. Seu dever era humano. O paciente sentia culpa e Nicolas aliviava a sua culpa. Como fora estúpido. Como sentia raiva de si mesmo. Como fora covarde. Olhando sua vida em retrospecto, enxergava apenas uma sequência sem interrupções de atos de covardia, de omissões pela fraqueza.

Ficou parado diante da sinagoga por mais um tempo e pensou em seu pai, o bêbado incurável, o melancólico que não se definia como melancólico. A pergunta de Anna: seu pai era religioso? Sim, ele fora um religioso envergonhado, constrangido pela própria crença, acuado pelo antissemitismo europeu, e acabou abandonando qualquer prática e se entregando a uma infelicidade que só conseguia disfarçar com o número certo de doses. Nicolas pensou em si mesmo injetando-se clorpromazina e dependendo de fenobarbital para dormir à noite. Como era repulsiva a ideia de que ele, em muitos sentidos, estava se aproximando de seu pai. Incapaz de lidar consigo mesmo, recorria a psicotrópicos. A diferença entre o conhaque e o ansiolítico era meramente de sabor. Como psiquiatra, ele colecionara relatos de pacientes que se viciaram em barbitúricos a ponto de atingir a overdose.

Era uma maneira prática e indolor de se matar. Mas ele, Nicolas, não podia se matar. Por outro lado, tampouco parecia conhecer maneiras legítimas de viver.

Ele podia, sim, pedir perdão. A quem? A todos os que haviam sofrido por suas ações, ou melhor, omissões, que tinham desaparecido, sido apagados da história. Não é esse, também, um dos poderes da religião? O de imaginar que há um juiz capaz de transcender nossa alma e avaliar se estamos realmente arrependidos, se o nosso pedido de desculpas é sincero? Mas a quem interessava esse perdão? Ao próprio Nicolas, é claro, pensou consigo mesmo, quase tateando a abstração de uma vida sem o fardo dos erros do passado. Não é o suficiente, concluiu logo em seguida. Nem perto disso.

A angústia de ficar diante da sinagoga se tornou insuportável e suas pernas trêmulas entraram em movimento e ele continuou caminhando pelo centro de Genebra. As luzes amarelas da cidade se acendiam e os cafés se enchiam de pessoas, que apreciavam a brisa delicada que soprava do lago para tomar vinho e conhaque nas mesas da rua. Ele pensou que a tristeza infinita que o acometia todas as noites provavelmente retornaria assim que ele parasse de tomar aquele ansiolítico, assim que ele e Anna retornassem para o vilarejo, assim que precisasse fingir que não era um impostor, mas um psiquiatra erudito e perspicaz, apto a curar seus pacientes.

Ele achou por acidente o café onde combinara de se encontrar com Anna. Tirou o relógio do bolso da calça e conferiu as horas. Demoraria uns trinta minutos para ela chegar. Sentou-se do lado de fora, ainda que, com o cair da noite, o frio retornasse. Ele era o único cliente que não tinha se abrigado dentro do local. Um garçom apareceu com o cardápio e ele pediu um Calvados. O garçom voltou com uma taça com a bebida acobreada e uma pequena bandeja de metal com nozes. O Calvados aqueceu seu corpo mais do que qualquer calefação de restaurante.

Sua mente voltou para a vida em Vichy, para seus primeiros pacientes no consultório, para a vez em que pensou ter ajudado alguém, e então se lembrou da paciente de Los Alamos, Mary, que ele julgava ter curado. Ele, o doutor freudiano, localizou que o trauma da paciente era em relação à mãe, não ao seu trabalho inadequado na construção de uma bomba nuclear. No entanto, até que ponto Mary era inocente? Mais inocente do que ele, disso não havia dúvidas, ponderou. Ele sabia que seus pacientes em Vichy eram antissemitas e simpatizantes do fantoche chamado Pétain, uma maneira branda de dizer que no fundo abrigavam um apreço pela ideologia nacional-socialista, com todos os seus horrores. Mary, enquanto olhava medidores e apertava botões, não fazia ideia de que trabalhava construindo uma arma de destruição em massa.

Todo o Ocidente é como Mary, pensou, com diferentes gradações de autoconsciência disso. Já Nicolas, por sua vez, tinha ampla consciência de seus pecados, de sua covardia paralisante. E então? Como continuar vivendo com isso? E se lembrou de Emil. Ele conseguiu ajudar Emil, um financiador indireto do Terceiro Reich, enquanto foi um inútil diante da figura trágica que era Ludwig, ou Lee, um homem que, se dependesse dele, nunca teria saído de seu país para matar crianças japonesas, um homem que conhecia a extensão de sua culpa e que nunca seria capaz de viver tranquilo com ela. Um dos sonhos mais comuns entre os pacientes com neurose de guerra era o de enxergar, em seu quarto, em um estado de semivigília, os corpos dos inimigos que haviam matado. Por um instante, imaginou Ludwig de madrugada vendo sua cama rodeada por crianças japonesas.

Nós somos todos culpados, repetiu mentalmente Nicolas, e pediu mais uma taça de Calvados. Nós somos todos responsáveis e precisamos nos dar conta disso e aprender com isso, ouviu a voz imaginária de Ezra à sua frente. Pessoas passeando pela rua achavam esquisito aquele homem sozinho do lado de fora. O céu escurecera e não se viam estrelas ou a lua. A cada gole, no entanto, Nicolas era envolvido por uma embriaguez desesperançada e feliz ao mesmo tempo. Seus olhos lacrimejavam e ele culpava a brisa leve que soprava do lago.

Anna apareceu de repente, brotando diante dele, toda enrolada em uma echarpe. Quando percebeu, ela já estava sentada.

"O que você está fazendo aqui no frio?"

Ela se curvou sobre a mesa para beijá-lo nos lábios.

"Quantos conhaques você já tomou? Você está cheirando a um pomar de álcool."

Ele sorriu.

"Vamos para dentro."

Os dois entraram e Nicolas começou a espirrar com a mudança brusca de temperatura. Sentaram-se em uma mesa e ela pediu uma tábua de queijos e uma taça de borgonha.

"Como foi a entrevista?", ele perguntou.

"Excelente."

"Ele pareceu ser um sujeito muito inteligente, de fato."

"É mesmo. Quando for publicada, eu mostro. Está em linguagem acessível, eu juro."

Ela fitou o rosto dele com atenção.

"Por que você está sorrindo assim?", ela perguntou.

"Eu sinto tanta inveja."

"Do quê?"

"De você. Da sua vida."

"Que besteira. Eu sou apenas uma jornalista de ciência."

"Mas isso faz tanto sentido para você. Você olha para o céu estrelado e enxerga coisas que eu nunca verei, traça movimentos que eu nunca seria capaz de perceber ou compreender."

"E você ajuda pessoas. Você cura neuróticos e traumatizados de guerra."

Ele fez um gesto de quem descartava aquilo como se fosse uma sugestão ridícula.

"Quando nós morávamos em Vichy, quem nós ajudamos? Nós ficamos parados."

"Sim. Nós não tivemos coragem de agir. Já conversamos tantas vezes disso. Mas ficou no passado. O Eixo perdeu, a França está livre. Naquela época, parecia que os nazistas nunca iriam embora."

"Você diz que eu ajudo pessoas. Pois bem, no Centro, eu ajudei um paciente há pouco. Na hora de dar alta, descobri que era um simpatizante nazista, ou pior. Essas pessoas não devem ser ajudadas."

Ela olhou para a mesa, para as três tiras de queijo que se estendiam sobre uma tábua, ao lado de fatias de pão.

"Acontece", Anna disse.

"Sim. Uma resposta fácil para todos nossos erros, não? É a vida. É a vida. Isso não diz nada. Nós temos capacidade de ação, nós somos responsáveis."

Ela mordeu um pedaço de queijo e buscou um cigarro na bolsa.

"Sabe, um dia que vim sozinha a Genebra, assisti a um filme japonês, um lançamento. *Ikiru*, do Kurosawa."

"O que isso tem a ver?"

"Nesse filme, um burocrata de meia-idade descobre que tem um câncer terrível e pouco tempo de vida. Sabe o que ele faz?"

"Vai aproveitar a vida. Entra no primeiro bar, beija a mulher mais bonita do local."

"Exatamente. Mas isso não traz nenhuma alegria para ele, só uma euforia momentânea. Ele só encontra alguma paz quando ajuda a realizar um projeto pequeno de revitalizar um parque onde brincava quando criança."

"Quando ajuda alguém", disse Nicolas.

"Sim. Pode parecer ridículo, mas é a isso que você se dedica."

"Eu não consigo nem mesmo me ajudar. Não encontro a cura para a minha melancolia."

"Você ajudou muita gente."

"Incluindo um nazista."

"O próximo nazista que entrar no seu consultório, você vai notar nos primeiros instantes. Você não é um médico melhor agora do que quando saiu da universidade?"

"Talvez."

"E é tão difícil acreditar que as pessoas melhoram, evoluem?"

"Nós vimos a Europa inteira, a Europa que ama a arte, a música, o conhecimento, essa mesma Europa embarcar na guerra mais absurda possível."

"Sim. E o fascismo vai voltar. Sempre. Na Europa ou no resto do mundo. Mas da próxima vez nós não vamos nos esconder em Vichy."

"O que faz você pensar que não vamos repetir os mesmos erros? Que vamos deixar de ser covardes?"

"Não tenho provas concretas, se é isso que você quer."

"Não, é só que…"

"Se você não acredita que as pessoas evoluem, de fato, fica difícil ser psiquiatra. Sua profissão depende disso."

Nicolas olhou ao redor. Uma ideia o invadiu: será que o juiz transcendental que imaginara pouco antes, nas ruas de Genebra, perdoaria não aqueles que se mostrassem de fato arrependidos, mas os que mudassem sua maneira de ser a partir de então? Ele procurou um guardanapo sobre a mesa, mas tinha caído no chão. Que ridículo, pensou, tentar construir uma teologia em poucos minutos. Abaixou-se para recolher o guardanapo. Lágrimas escorriam pelo seu rosto e ele se sentia envergonhado de chorar em público. Ele limpou os olhos da melhor maneira que pôde.

"Tudo é tão ridículo", ele disse.

Ela estendeu a mão para pegar na dele, mas ele recuou.

"Não estou pedindo nada demais", ela falou. "Só que você tenha um pouco de esperança."

Nicolas limpou as lágrimas com o dorso da mão. Alguns vizinhos de mesa olhavam para ele. Sua taça estava vazia de novo e um garçom apareceu ali para preenchê-la. Ele contemplou o líquido e não bebeu.

"Anna. Quando você mergulha nas suas equações, quando você conversa com esses gênios da física... Qual é a sua impressão?"

"Como assim?"

"Do mundo, do universo, se seguem uma lógica."

"Se as leis do universo são deterministas ou aleatórias, você quer dizer?"

"Mais ou menos isso."

"Eu não faço ideia, Nicolas." Ela riu. "Você bebeu demais."

Ele olhou para baixo, envergonhado. A pergunta que ele queria fazer a ela, ao físico premiado, a qualquer pessoa disposta a responder, era se existia sentido por trás do absurdo. De repente, aquela pareceu a única pergunta possível, e tudo se resumiria a isso.

"Ciência nenhuma vai responder isso", ela falou, e por um instante Nicolas pensou que tivesse verbalizado seus pensamentos. "A ciência é um monte de gente tentando mostrar que a geração anterior estava errada. Não duvido que daqui a pouco alguém apareça mostrando que a gravidade não funciona como esperávamos. Ou que o mundo é, sim, como um relógio, que as outras teorias é que não compreendiam seus mecanismos."

"E as grandes questões nunca serão respondidas."

"Não. No máximo, respostas parciais. Podemos entender a

mecânica de como surgiu o universo, mas nunca os motivos pelos quais ele surgiu."

"E o porquê de estarmos aqui, neste planeta, neste restaurante, existindo dentro desse corpo, por que eu sou Nicolas e você é Anna, por que estamos aqui olhando um para a cara do outro."

"Não. Nunca vai ter resposta para isso."

"Eu sei. Por isso tudo é tão triste."

"Não precisa ser. Existe graça no mistério."

"Talvez", ele disse, e tomou o último gole da taça, tentando abrir um sorriso.

No dia seguinte, retornaram ao vilarejo.

A viagem de trem foi silenciosa e a paisagem de montanhas nevadas parecia inóspita e desoladora, como o retrato de um mundo desabitado ou mesmo abandonado.

Foram os únicos passageiros a descer naquela estação. Olharam para o alto daquela pequena colina coberta de uma grama verde-amarelada sobre a qual a cidade estava assentada e viram fileiras de fumaça das chaminés. Subiram a pé o caminho que conduzia à cidade. Podiam escolher o trajeto pelas casas amplas e lojas de queijos, ou a trilha que margeava a floresta. O ar estava límpido e fresco, sem nenhuma nuvem no céu. Decidiram seguir pela trilha.

"Foi aqui onde você morreu de medo que seria atacado por um lobo e no final era apenas um cervo?", ela perguntou.

"Sim. Ridículo, não?"

Escutaram galhos secos quebrando ruidosamente dentro da floresta. Ele olhou para Anna, que seguia caminhando descuidada, como se não tivesse ouvido barulho algum. Nicolas imaginou um grande urso marrom desbravando um caminho pela floresta e invadindo a trilha para atacá-los. Ele não disse nada. De repente, o som parou de forma tão súbita quanto começou. Eles seguiram andando, e passaram diante do campanário da igreja, das portas fechadas da *épicerie* e da farmácia. No trecho final da caminhada, ele ficou se questionando se o som estava mesmo lá, mas não teve coragem de perguntar a Anna. Também se perguntou se ela havia sentido, por um instante que fosse, o pavor de que uma criatura desconhecida pudesse rasgar a vegetação e saltar sobre eles com suas presas afiadas. E se perguntou se o fato de o pavor ter durado apenas um instante, e não minutos, era fruto das injeções de uma substância química que alterava o equilíbrio das descargas elétricas do seu cérebro. Como traçar a linha que separa a mente do organismo físico do cérebro? Deve ser perigoso, pensou, acreditar que toda a nossa realidade é produto da mente. Tão perigoso, pensou, quanto achar que tudo está concretamente ali e pode ser medido e calculado, e nada está em nossa mente.

Estavam quase chegando. Ele olhou para sua mulher e pensou, isso é a realidade, o mundo não está dentro do meu cérebro, ela existe, ela é outra pessoa, eu sinto o cascalho se esfacelando sob os meus pés, o mundo existe, eu estou aqui, e existe a tristeza histórica, a tristeza profunda de quem viu o horror a menos de um palmo de distância, de quem descobriu que o vizinho pode ser o torturador, e estou aqui e conheço todos os motivos racionais para ser horrivelmente triste, e preciso encontrar algo irracional a que me agarrar, preciso encontrar a matéria escura no universo que arrasta os corpos celestes, e eu estou aqui, embora não saiba o motivo, embora não saiba por quanto tempo, embora eu possa morrer amanhã e tudo deixará de existir, e meu corpo será cremado ou enterrado e eu voltarei a ser parte da natureza indiferente.

Era possível enxergar a casa deles ao final da rua. Ele levan-

244

tou a cabeça e olhou para as janelas fechadas das outras residências. Eram casas abandonadas ou todos estavam no trabalho. Mas onde trabalhavam? Por que aquele vilarejo era tão vazio? Nicolas revirou os bolsos atrás das chaves e as entregou a Anna.

"Por que você sempre me entrega as chaves quando ainda estamos tão longe da porta?"

Ela sorriu, pegou as chaves e continuaram caminhando em silêncio. Uma janela se abriu numa casa à distância e Nicolas viu dois braços sacudirem uma toalha contra o céu. Anna abriu a porta de casa. Os dois sentiram o cheiro de madeira guardada e das cinzas mortas do aquecedor.

Aquela noite, ao contrário da anterior, estava sem nuvens, e Nicolas saiu para o quintal, sozinho, segurando uma garrafa de vinho, e olhou para o céu. As poucas luzes elétricas do vilarejo permitiam ver uma infinidade de estrelas, e até mesmo a poeira da Via Láctea. Nicolas pensou que não entendia nada, absolutamente nada, que tudo era mistério e seguiria sendo mistério. Alguns flocos de neve caíram com lentidão sobre a grama queimada do quintal. O frio ficou insuportável em poucos minutos e ele voltou para dentro de casa. Anna tinha colocado dois pedaços grandes de lenha para queimar na lareira. A chama crepitava e o calor da sala logo o abrigou por completo.

Agradecimentos

Comecei a escrita deste livro em 2017, na residência literária da Fondation Jan Michalski, no vilarejo de Montricher, no cantão de Vaud, na Suíça. Isolado, ao lado de um bosque verdejante, à beira das montanhas, tentei escrever sobre São Paulo. Foi só retornando ao Brasil e fracassando no projeto que descobri que precisava escrever sobre aquele lugar que tanto me impactou e que me auxiliou em um momento em que me encontrava perdido.

Agradeço demais à equipe e à direção da Fondation Jan Michalski, em especial a Guillaume Dollmann. Espero que não se ofendam com a representação ficcional que fiz do local, nem com a opinião dos personagens a respeito da Suíça.

Em termos textuais, agradeço a todos que fizeram uma leitura dos rascunhos: Gabriela Castro, Carmen Xerxenesky, André Araujo, Miguel Del Castillo, Bruno Mattos, Daniel Galera, Marianna Teixeira Soares e, sobretudo, Luiz Schwarcz e Luara França, meus editores.

Isto não é um trabalho acadêmico e seria exaustivo citar todas as minhas fontes. No entanto, alguns livros merecem destaque pela sua influência na escrita do romance: *A tinta da melancolia*, de Jean Starobinski, *The Inkblots: Hermann Rorschach, His Iconic Test, and the Power of Seeing*, de Damion Searls, *Dez drogas*, de Thomas Hager (que traduzi), *The Cosmic Code*, de Heinz R. Pagels, *Deciphering the Cosmic Number: The Strange Friendship of Wolfgang Pauli and Carl Jung*, de Arthur I. Miller, *The Strangest Man: The Hidden Life of Paul Dirac, Mystic of the Atom*, de Graham Farmelo, e *O Schabat: seu significado para o homem moderno*, de Abraham Joshua Heschel, além de *God in Search of Man*, do mesmo autor — uma frase de Ezra é adaptada de Heschel ("Some are guilty but all are responsible"). A citação de Kandinsky não consta na revista *Life*, mas foi extraída do livro *Du spirituel dans l'art et dans la peinture en particulier*. Parece inútil citar as obras de Freud.

Este livro é secretamente dedicado a todos os psiquiatras e psicanalistas que me atenderam e me auxiliaram com tanta dedicação na última década, em especial o dr. Bergmann, o dr. Branquinho e a dra. Broide. Também espero que não se ofendam com a representação ficcional que fiz de sua profissão.

1ª EDIÇÃO [2021] 3 reimpressões

ESTA OBRA FOI COMPOSTA EM ELECTRA PELO ESTÚDIO O.L.M./ FLAVIO PERALTA
E IMPRESSA EM OFSETE PELA GRÁFICA BARTIRA SOBRE PAPEL PÓLEN SOFT
DA SUZANO S.A. PARA A EDITORA SCHWARCZ EM JANEIRO DE 2023

A marca FSC® é a garantia de que a madeira utilizada na fabricação do papel deste livro provém de florestas que foram gerenciadas de maneira ambientalmente correta, socialmente justa e economicamente viável, além de outras fontes de origem controlada.